灼眼のシャナVII

高橋弥七郎
イラスト／いとうのいぢ

Design・Yoshihiko Kamabe

クラスメイト――吉田一美
「あ、ああ――」
「吉田、さん……」
『存在亡き者』――坂井悠二

「——うそつき!!」
フレイムヘイズ“炎髪灼眼《えんぱつしゃくがん》の討《う》ち手《て》”——シャナ

「ひはははは《いたたたた》……ひょうひゅ《きょうじゅ》、ひはい《いたい》」
“燐子《りんね》”――ドミノ

「エエークセレント！　エエーキサイティング!!」
“紅世《ぐぜ》の王”── 教授

「今ここにいる坂井君が、
人間だってことを、私は知ってます」

「……僕は、人間、なんだ……？」

灼眼のシャナⅦ

1　始動

御崎《みさき》市駅は、市街地のちょうど中央に位置している。数本の路線を連絡し、広いバスターミナルも持つ、県下でも指折りの大きな駅だった。

その全体は都会型の駅に多い、地面ではなく幅の広い高架《こうか》の上に線路を敷いた、典型的な高架駅である。一階が改札と通り抜けの大きなホール、階段・エスカレーター・エレベーターで上がった二階が並行に連なるプラットホームという構造だった。駅舎《えきしゃ》と連結されたショッピングセンターやテナントビルとともに、この一郭《いっかく》はいわゆる『駅前』という人通りの中核としての役割を担《にな》っている。

今日は年に一度の大花火大会、通称『ミサゴ祭り』開催日ということもあり、常より数段、混雑の規模と密度は増していた。

既《すで》にメインイベントの花火が打ち上がっている時刻であるにもかかわらず、増発された電車からは、訪客《ほうきゃく》が未だに引きも切らずの勢いで溢《あふ》れ出している。

浮かれはしゃぐ浴衣《ゆかた》のカップルや普段着の親子連れ、学生らしき一団、中には粋《いき》な祭り装束《しょうぞく》を纏《まと》った老人の姿も見られる。まさに老若男女《ろうにゃくなんにょ》、無数の組み合わせが、非日常の遊興への期待に弾《はじ》けるような笑みと熱気を表していた。

彼らが花火の打ち上げに遅れてきたのは、そのメインイベントよりも祭りの催し物の方を期待していたから……ではなく、単に時間にルーズだからである。いつの時代どの場所でも、キチンとした計画性を持って祭りを楽しむ者は少ない。

思い立って向かい、なんとなく足を運び、うっかり遅れて駆《か》けつける、それぞれがそれぞれの理由を持って、祭りの灯火を目指していた。

それは、流れる人や迎える駅舎《えきしゃ》こそ変われど、数十の年毎に続いてきた夏の風景だった。

しかし、

今年は違っていた。

人や場所、物の違いではない。

祭りは、街は、根本的な部分での異変にさらされていた。

駅も含めた御崎《みさき》市全域に、巨大な、この世の歪《ゆが》みが生じていたのである。

人々がそこはかとなく抱《いだ》いていた不自然さや違和感、それらを修正しようとした力――その反転によって起きた混乱だった。

目に見える形として、耳に聞こえる音として、その混乱《こんらん》の証《あかし》が天に広がっていた。

本来は夜空を鮮やかに染めるはずの大輪の花火が、不気味《ぶきみ》に渦《うず》巻いて捩《ねじ》れ、異様な色と形に揺らいでいた。遅れて届く破裂《はれつ》の音も、一つの轟《とどろ》きを大小でたらめに響かせている。

そして、見えず聞こえない形で、より以上の異変が人々の間に広がっていた。

当初はその奇怪な情景を、ぎょっとなって見上げたり、音に驚いたりしていた人々が、ほんの数十秒の内に、何事もなかったかのように、それが当然であるかのように、歓声を送り始める……異変を受け入れるという異変だった。

そうする間にも次の花火が上がり、その歪んだ様に唖然《あぜん》となり、すぐ歓声を上げる。

さらに次の花火が打ち上がり、新たな歪みを指して驚き、またすぐ受け入れる。

祭りへ向かう道すがら、普段どおりに行き来する、ただそこに暮らす、街にある全《すべ》ての人々が延々、この混乱と平静の往復を繰り返していた。祭りという普段にない騒ぎの中にその異変は混じり、街は惑乱《わくらん》の巷《ちまた》と化していた。

御崎市駅の構内でも、騒ぎが収まっては祭りに向かい、起きては眺めと音に驚くという、同じ光景が展開されていた。

そんな中、いろんな意味で騒々《そうぞう》しい雑踏《ざっとう》で充満する駅中央降り口のホールに、不可思議な音が鳴り響く。

シャリリリリ、と金属が細かく擦《こす》れ合うような、微妙に快感を伴う音。

人いきれと熱気、時折吹き込むクーラーの不自然な冷気、それになにより、人々の声で満たされたホールの中に、それはやけにはっきりと響き渡った。

続いて、妙な調子を付けた、男とも女ともつかない声が人々の耳に届く。

「んんん〜」

ホールの中央に置かれた、ミサゴ祭りのマスコットである大きな鳥の張りぼて、その上に突然、
馬鹿《ばか》のように白けた緑色の炎《ほのお》が、渦《うず》巻くように湧《わ》き上がった。

悲鳴と注視の中、炎が収束《しゅうそく》し、弾《はじ》ける。

「いよ〜っ、とな！」

ホールの天井《てんじょう》近く、緊張感のない声と共に姿を現したそれは、二メートルを超す、まるでガスタンクのようにまん丸の物体だった。その金属製らしきまん丸からは、パイプやら歯車やらでいい加減にそれらしく作られた両手足が伸びている。

「ははー、良かった良かった。ちゃーんと配置してくれたね。やっぱり教授の言うとおり、人間も使い方次第なんだなあ」

同じくまん丸の天辺《てっぺん》、膨《ふく》れた発条《ばね》に歯車を両目として作られた顔が、吹き散らされる火の粉《こ》の中でカックンカックン頷《うなず》いた。そのまま窮屈《きゅうくつ》そうに下を向き、ひょろりとした腕を足元に伸ばして妙な物を手に取る。

それは、奇怪な紋様《もんよう》を刻み、数個のネジを埋め込んだ、マンホールの蓋《ふた》。

「さあって、と――あったあった」

まん丸の物体は言いつつ、頭をくるりと回し、歯車の目に一つの標的を捉える。空《あ》いた方の腕をその方向に大きく振ると、いきなり伸ばした。

見た目の構造上あり得ない体積の伸張を起こして、腕は駅舎《えきしや》の支柱に据《す》え付けられた配線に激突した。それは一瞬でばらけて、しかし壊《こわ》れず周囲の部品へと食い込む。幾何学的な血管が盛り上がるように、それはどんどん広がり、融合していく。

やがて、

《――ッ》

駅のスピーカーに、妙な雑音が入った。

《――ッズザ――ア、あ、ああー、てす、てす、てす》

割れがちなその声は、まん丸の物体のものだった。

ホームから駅構内、隣接するビルやターミナルまで、全《すべ》てのスピーカーから呑気《のんき》な声が最大音量で響き渡った。

《はーい皆さん、こんばんはー。私は、偉大なる超天才にして真理の肉迫者にして不世出《ふせいしゆつ》の発明王にして実行する哲学者にして常精進《しようじん》の努力家にして製法建造の妙手《みようしゆ》にしてお料理お裁縫《さいほう》もちょっと上手《うま》い〝紅世《ぐぜ》の王〟、イカす眼鏡《めがね》に揺るぎない眼差《まなざ》しを秘めた空前絶後のインテリゲンチャー、〝探耽求究《たんたんきゆうきゆう》〟ダンタリオン教授の〝燐子《りんね》〟、『我学《ががく》の結晶エクセレント28―カンターテ・ドミノ』でーす》

スピーカーを震わせるハウリング寸前の長口舌《こうぜつ》に、思わず人々は耳を押さえる。もちろん、しっかり聞いたところで、この説明を理解できた者は一人もいなかったろうが。

まん丸の物体ことドミノは、そんな聴衆の事情も気にせず続ける。

《たーだ今より、この施設は我々の実験場となります。構築作業の邪魔《じゃま》なので、人間はとっとと退去してください。じゃないと喰っちゃうから、そのつもりでー。それでは開始一秒前》

きっかり一秒後、ドミノのまん丸の体が破裂《はれつ》した。

その体の中から、自身に収まりきるはずのない体積、無数の部品とパイプとコードが溢《あふ》れ出す。それらはおもちゃ箱をひっくり返したように、また張り巡らされるクモの巣のように、放射状にホールを広がり埋めて床に柱に天井《てんじょう》に取り付いてゆく。接触した部分は、配線を乗っ取ったときのように、侵食と融合を始めていた。

ホールを埋めていた人々は、そのついでのように跳《は》ね飛ばされ、押しのけられる。彼らは事ここに至って、ようやく目の前の奇妙な事態が自分たちの危機なのだと理解した。

「キャ――！　化け物!!」

誰かの絶叫をきっかけに、恐慌《きょうこう》が起こった。

我先にと出口へと向かって走り、押し合い圧《へ》し合いして逃げる。

「どけ、どけよ！」「おかあさーん！」「離さないで！」「早く」「押すな馬鹿《ばか》！」「なによコレ、なんなのお!?」「キャー！　キャー！」「エリ！」「省――」「邪魔だ！」「わあああ！」

人波と混乱を連れた恐慌はすぐに伝播《でんぱ》して、ホールから外のバスターミナルへ、改札からホームの中へと、次々に広がってゆく。
が、また、
歪《ゆが》んだ花火を見上げたときと同じように、唐突《とうとつ》に騒ぎが収まった。
人々は一瞬ポカンとなり、次の瞬間にはドミノが現れる前の行動を、思い出したかのように再び取る。ホールのど真ん中には依然、ドミノが侵食と融合を駅舎《えきしゃ》に対し行っているが、彼らは今や、それを当然の光景のように受け入れていた。
「あーあ、もう花火上がっちまってるなあ」「お母さん、ワタアメ欲しい」「はいはい」「やっぱ混んでるなあ」「しょうがないって」「あーん、ちょっと待ってよ」「遅ーい、はぐれちゃうわよ？」「綺麗《きれい》だな」「ええ」「うひい、なんだこの人込み」「狭いなあ、この駅」
ドミノの伸ばしたコードやパイプを跨《また》いだり乗り越えたりしながら、人波は花火大会に向かって流れ出す。
《あんりゃー？》
再びドミノが大音量でスピーカーを震わせ、また人々はびっくりして耳を塞《ふさ》いだ。
《乗っ取った機能の他《ほか》に変な効果が？　動揺を収めるような……なんだろ、調律の自在法と変な風に混ざっちゃった副作用かな？》
彼とその主は、とある仕掛けで調律の制御《せいぎょ》を奪い、い、い、い、いろんなことをやろうとしていたが、このように人々に平静をもたらすような効果は意図していなかった。
予想外の事態に対処すべく、彼は侵食の傍《かたわ》ら、引き剝《は》がした看板《かんばん》や砕《くだ》いたガラスなどを繫《つな》ぎ合わせて、蛇《へび》のような虚仮脅《こけおど》しの大口を幾つも作った。
《わー、わー！　ガオー！　人間ども、どけー！　私は急いでるんだ、どかないと、本っ当に食ーべちゃうぞー！》
声の音割れを起こしながら、大口が人々の前に鎌首《かまくび》をもたげて鋭いガラスの牙《きば》を剝《む》くと、その新たな異常に、また恐慌《きょうこう》が起こった。人波がどんどん駅から吐《は》き出されてゆく。
《ガオー！　式のリピートごとにコレかなあ、面倒くさいなあ、ガオー！》
その珍妙な騒ぎの中で、駅舎《えきしゃ》は確実に、別の何かに作り変えられてゆく。

数日前の夕方、吉田《よしだ》一美《かずみ》は一人の少年に出会った。

「この世には、そこに在るための根源の力……〝存在の力〟というものがあります」

褐色《かっしょく》の肌と褐色の瞳を持った少年は、彼女にそう、説明した。

「この街に、その〝存在の力〟を喰らう人喰いが潜入《せんにゅう》しました」

少年の名はカムシン。フレイムヘイズという、人の姿をした、人を超える存在だった。

「もう私の同志がやっつけましたから、心配は無用ですが」

彼の、フレイムヘイズの使命は、世の影に跋扈《ばっこ》する人喰いの怪物を退治すること。

「その人喰いは、自分が人を喰ったのを気付かれないよう、細工をしていました」

そして彼はもう一つ、特別な使命を自らに課していた。

「トーチという仕掛けです。それは、喰われた人間に偽装《ぎそう》する〝存在の力〟の残り滓《かす》」

それは、怪物が人を喰らうことにより乱し歪《ゆが》めた世界を修復する作業。

「トーチは〝存在の力〟をゆっくり失ってゆき、やがて誰にも気付かれないまま、消えます」

調律と言う。

「つまり、〝存在の力〟を失うと、最初からいなかったことになるのです」

この御崎《みさき》市に生まれ育った吉田は、本来あるべきはずだったイメージを心に持っていた。

「我々の同志は、そういう酷《ひど》い人喰いをやっつけています。私の仕事は、その後始末」

ゆえに、彼女は作業への協力を求められ……見たくもなかったものを見せられた。

「人喰いに喰われた後の世界は、互いに影響し合うはずだった本来の調和を失ってしまいます」

喰われた人の残り滓『トーチ』の彷徨《さまよ》う、彼女の日常を粉々に砕く、異界の光景を。

「そこには不自然な歪みができ……規模が大きいと、ひどい災《わざわ》いが起こる可能性も出ます」

そして今また、ミサゴ祭りの喧騒《けんそう》と雑踏《ざっとう》の中、彼女は見ていた。

「だから私は、その歪みを修正し、調整するために世界を巡り歩いているのです」

一つのトーチを。

カムシンが貸してくれた、異界を覗《のぞ》く片眼鏡《モノクル》『ジェタトゥーラ』で。
そのトーチは、少年の姿をしていた。
お祭りの中、至福《しふく》の時を一緒に過ごした、
今日、とうとうデートに誘うことができた、
その結末に、一つの告白をしようとしていた、
好きです、と言いたかった、言おうとしていた、
坂井悠二《さかいゆうじ》という、少年の姿をしていた。

異様な光と音に晒《さら》される河川敷《かせんじき》。

溢《あふ》れかえる人波の中、吉田一美《よしだかずみ》と坂井悠二は、たった一歩の距離を開けていた。

「あ、あ……」

「吉田、さん?」

悠二は、吉田が身を縮こまらせるように胸の前に手をやって、そのたった一歩、自分との距離を、僅《わず》かずつ離していることに気が付いた。

河川敷と、頭上で立て続けに起こっている異変を、この世の歩いてゆけない隣より渡り来た異世界の存在・〝紅世《ぐぜ》の徒《ともがら》〟襲撃《しゅうげき》の証《あかし》であると知りながら……それでも、目の前の少女の様子

にこそ、より暗く大きな不安を抱《いだ》いた。

(どうして、そんな)

吉田の表情が、揺れている。

(どうして、そんな顔を)

穏やかで柔らかな笑顔こそ似合う可愛《かわい》い少女。

その表情が、揺れている。

深く、強い、感情で。

(どうして、なぜ、そんな顔で、僕を)

うわ言のように思いつつも、悠二には分かっていた。

彼女の表情を揺らしている感情が、なんであるかを。

分かっていて、しかし決して、認めたくなかった。

だから、二人の間に開いた距離を、彼女が開けようとしている距離を、縮めようと思った。

「……よ」

「っ──」

その気配を感じた吉田の表情が、極限の揺れを示した。

悠二は、その表情を作らせたモノ、彼女の瞳の中に映るモノがなんであるかを、知った。

知って、途方もない衝撃《しょうげき》を受けた。

急場において鋭くなる彼は、このときも、こんなときでも、少女が胸元に寄せ、震わせている掌《てのひら》に、なにかを握っていると気付いた。

白地に笹柄《ささがら》の浴衣《ゆかた》、渋《しぶ》い色の巾着《きんちゃく》、白木《しらき》の下駄《げた》などの、彼女の装いに全くそぐわない、また今の時代に少女が持っているわけもない、用途から考えて彼女に必要とも思えないそれは、古めかしくも優美な細工を施された片眼鏡《モノクル》だった。

直感した。

(宝具《ほうぐ》だ)

〝紅世《ぐぜ》〟に関わる者が用いる、不可思議の力を秘めた道具。

それをなぜ彼女が持っているのか。

それよりも、

(眼鏡《めがね》の、形をした、宝具?)

それが彼女になにをもたらしたか。

悠二《ゆうじ》はそれを思った。

(眼、鏡……眼鏡?)

答えは、本来の用途からの安直《あんちょく》な連想、そのままであるように思われた。

(僕を、見た?)

「吉田《よしだ》、さん」

　悠二は、自分が暮らしていた場所への回帰を求めるように、クラスメイトの可愛《かわい》らしい少女、自分に好意を抱《いだ》いてくれていたらしい少女、ほんの数分前まで一緒にお祭りを楽しんでいた少女に、今度こそ本当に、歩み寄る。

　しかし、
　彼の前への一歩は、少女の後ろへの二歩で、より距離を開けられた。

「吉田さん」

「あ、ああ――」

　すがるような悠二の呼びかけに、吉田はただ震え、身を遠ざける。

　祭りの活気に湧《わ》く雑踏《ざっとう》の中で、その二歩分の空間だけが、凍《こお》りついたように寒かった。

　距離に寒さに悠二は耐え切れず、手を伸ばそうとした。

「吉」

「いやあああああああああああ――――――――!!」

　少女の生涯で最も大きく強い、しかし拒否を告げる絶叫が、祭りの喧騒《けんそう》を貫いた。

　声に打たれて自失《じしつ》する悠二を置いて、驚く周囲の人たちを突き飛ばして、
　吉田は逃げた。

　悠二は追わなかった。追えず、ただ、

「田、さん……」

言葉を、未練のように搾《しぼ》り出した。

悠二《ゆうじ》は知った。

自分の前から、他愛《たわい》なくもかけがえのないものが去ったことを。

それが、二度と戻らないことを。

彼女の表情を揺らしていた感情は、恐怖だった。

彼女の瞳の中に映っていたモノは、『トーチ』だった。

悠二には分かっていた。彼女には、こう見えたのである。

『光歪《ゆが》み音狂う夜空を背に自分に近付く、坂井悠二の形をしたモノ』

自分が吉田《よしだ》にとって恐怖の対象である、そのことに悠二自身も恐怖していた。

彼には、吉田が〝紅世《ぐぜ》〟の宝具《ほうぐ》を持っていた訳——トーチのことを知った事情——自在法らしき混乱の中で影響を受けなかった理由——全《すべ》てが分からなかった。それ以前に、詮索《せんさく》に向ける気力もなくなっていた。ただ、打ちのめされ、立ち尽くしていた。

突然の痴話喧嘩《ちわげんか》を好奇《こうき》の視線で囲む人波が流れ散る、ほんの数秒後、

「悠二！」

彼の背を、強い戦意に弾《はず》む声が叩《たた》いた。

「——あっ」

半ば呆然《ぼうぜん》としたまま悠二が振り向いた先、露店《ろてん》の狭い辻《つじ》の真ん中に、年の頃も十一、二と見

える小柄《こがら》な少女が立っていた。

吉田と同じく浴衣《ゆかた》姿で、普段は腰まである髪を両側頭《そくとう》でお団子《だんご》に結《ゆ》っている。しかし、その可愛《かわい》らしい格好とは裏腹《うらはら》に、圧倒的な貫禄《かんろく》と存在感が全体に漂《ただよ》っていた。

それも当然、少女は人間ではない。〝紅世〟の魔神《まじん》〝天壌《てんじょう》の劫火《ごうか》〟アラストールの契約者、フレイムヘイズ『炎髪灼眼《えんぱつしやくがん》の討《う》ち手』である。

名前は、シャナ。

悠二が付けた。

その少女が、浴衣であることにも構わず大股《おおまた》に、悠二へと歩み寄る。

祭りの直前、悠二は彼女となんとなく気まずい別れ方をしてしまっていた。

「シャナ……」

そのことに僅《わず》かなわだかまりを感じた彼に、しかしフレイムヘイズたる少女は、人間としての感情を見せない。あくまで使命に生きる誇り高き異能者として、これまでの経緯など欠片《かけら》も匂《にお》わせず、淡々と確認する。

「これ、分かるわね?」

無論、頭上と周囲で起こる異変のことである。

シャナと悠二は、この街を襲った〝紅世〟の脅威《きょうい》に幾度となく、ともに立ち向かった経験を持っている。信頼を前提とした、そんな問いかけができるほどの結びつきを持っていた。

実のところ坂井悠二《さかいゆうじ》は、吉田《よしだ》が気付き恐れたように、人間ではなかったが、勘《かん》違いされたようなトーチとも少し違った存在だった。

彼は、その身の内に宝具《ほうぐ》を宿す宝の蔵〝ミステス〟という、特別なタイプのトーチだった。彼の中にある宝具は、時の事象に干渉《かんしょう》する秘宝の中の秘宝、『零時迷子《れいじまいご》』。本来は消耗《しょうもう》する一方である〝存在の力〟を毎夜零時、一定量に回復させる、一種の永久機関だった。

悠二はこの宝具のおかげで、通常のトーチのように気力や存在感を減退させることもなく、日々を過ごすことができていた。のみならず、彼は戦いの場において〝紅世の徒《ぐぜともがら》〟の動静や〝存在の力〟の流れを鋭敏に感じ取ることまでできた。急場において冴《さ》える頭とともに、彼はこの力で御崎《みさき》市におけるシャナの戦いを幾度となくサポートしてきた。

そんな〝ミステス〟として、悠二は答える。

「う……うん」

「攻撃だと思う？」

矢継《つ》ぎ早に訊《き》くシャナは当然、悠二にそれまでと同じ熱意と行動を期待していた。

彼が目の前の状況を整理し、感じて、思いもよらない解決法を見つける。

そして、自分がそれを実行し、この世に仇為《あだな》す〝紅世の徒《ぐぜともがら》〟を駆逐《くちく》する。

そんな『二人の行為』を期待して、シャナは悠二に言う。

「今のところ、人を喰ってる気配はどこにも無いけど、広範囲に変な自在法がかかってるみたい。封絶でこそないけど、〝愛染《あいぜん》の兄妹《きょうだい》〟のときみたいに――」

しかし、〝ミステス〟の少年は、答えなかった。

言葉にではなく、シャナが期待した、『二人の行為』に。

打てば響くような、自分への反応が返ってこないことを、ようやく彼女は不審に思った。

「悠、二？」

彼はなぜか、祭りの雑踏《ざっとう》を見つめている。その瞳には僅《わず》かに怯《おび》えと戸惑いの色がある。問いにも説明にも傾注せず、なにか別のことに意識を向けている。以前の、無条件で最大限に自分へと気持ちを向けてくれていた、あの感じがない。今の彼は、自分を半ば無視して、ただ棒立ちしているだけ。

そのことに気付いて、シャナは大きな怒りを抱《いだ》いた。

「どうしたのよ悠二!?　なにボサッとしてんの！」

怒鳴《どな》りつけられた悠二は、しかし目を覚まして元に戻るでもなく、それどころか思いもよらない言葉で返した。

「吉田さんに」

「!?」

そのたった一言で、フレイムヘイズたる少女は、胸の奥に鋭い痛みを覚えた。

なぜそんな言葉を、自分が聞かされねばならないのか。よりにもよって、一緒に戦って潜《くぐ》り抜け、一緒にどこまでも進んでゆく、誰にも入り込めないはずの、この場所で。

「吉田《よしだ》さんに、知られたんだ」

うわ言のように、悠二《ゆうじ》は続ける。

「追いかけなきゃ」

半歩、踏み出そうとする。

吉田が消えた、お祭りの中へ。彼女を隠してしまった、浮かれ騒ぐ日常の中へ。

「……悠二」

「追いかけて、説明しないと——」

シャナは、そんな彼の嫌《いや》な言葉と行動を、むりやり自分の声で遮《さえぎ》った。

「そんなどうでもいいこと、放っときなさいよ!!」

フレイムヘイズが、その協力者に言った。

言葉だけだと、そのように聞こえた。

この御崎《みさき》市を、その住人を守るために、一刻も早く〝紅世《ぐぜ》の徒《ともがら》〟の企みを阻止《そし》するために動かねばならない。そのためには吉田一美《かずみ》への対処など、後回しにせねばならない。

たしかに、言葉だけだと、そのように聞こえた。

フレイムヘイズとして当然、発すべき言葉でもあった。

しかし、本当は違う。

悠二は、強い怒鳴《どな》り声の端《はし》に感じ取った。

声と同時に噴出《ふんしゅつ》し、叫びに重ねられた彼女の気持ち、その欲するところを。

『吉田一美なんかよりも』

（──なにを）

悠二はそんな彼女の気持ちを知って、

『私と一緒に』

（言ってるんだ）

なぜか、なにか、許せない猛烈《もうれつ》な怒りのようなものを湧《わ》き上がらせた。今までの呆《ほう》けも吹き飛ばし、弾《はじ》かれたように彼女に振り向く。心の中に生まれた勢いと力のまま、大声で目の前の少女を怒鳴りつけた。

「シャナ!!」

「あ、っ」

今までの剣幕《けんまく》が嘘《うそ》のように、シャナは身をすくませた。

悠二に初めて怒鳴りつけられたから、それだけではない。自分の秘めていた気持ちが悠二に届いていたことを知ったからだった。

「なんでそんな──」

「うるさい!!　うるさいうるさいうるさぁい!!」

無理矢理、割り込むようにシャナは怒鳴《どな》った。

「なんで今、今みたいなときに、そんなこと言うの!!」

怒《いか》らせた肩で大きく息を継《つ》ぐ、しかしその顔、

「シャ——!」

悠二《ゆうじ》が見た顔は、悲しみに崩れていた。

それに気付いて愕然《がくぜん》となった彼に、シャナは怒りや悲しみ、悔しさや恥ずかしさをごちゃ混ぜにした心を、今度は声と気持ちを合わせて、叫んだ。

「う、そ、つ、き!!」

「!!」


御崎市《みさき》には、吉田《よしだ》に『この世の本当のこと』を教えたカムシンや、悠二とともにあるシャナの他《ほか》にもう一人、フレイムヘイズがいた。

数百年の戦歴を持つ練達《れんたつ》の自在師にして屈指《くっし》の殺し屋と〝紅世《ぐぜ》の徒《ともがら》〟から——たまに同業者からも無分別な戦闘狂として——恐れられる『弔詞《ちょうし》の詠《よ》み手』マージョリー・ドーである。

彼女の姿は、居候《いそうろう》先の家主たる少年・佐藤啓作《さとうけいさく》、その友人・田中栄太《たなかえいた》らと、河川敷《かせんじき》のミサゴ祭り会場の中にあった。

ボディラインの豪勢《ごうせい》な起伏ゆえに似合わない浴衣《ゆかた》の長身を聳《そび》えさせ、宙にある異変、周囲で繰り返される混乱、その唐突《とうとつ》な終息の往復する様を伊達眼鏡《だてめがね》に映し、美麗《びれい》の容貌《ようぼう》に複雑な笑みを浮かべる。

「ホント、この世ってのは、なんて――」

「ヒーッヒッヒ！　驚き呆《あき》れて嬉《うれ》しく辛《つら》い、どれも一つじゃ来ねえなあ？」

彼女の右脇《わき》に下げられたドでかい本型の神器〝グリモア〟から、耳障《ざわ》りなキンキン声が上がった。彼女と契約する〝紅世の王〟、フレイムヘイズとしての力を与える〝蹂躙《じゅうりん》の爪牙《そうが》〟マルコシアスのものである。

その、どこからともなく発せられた声に、周囲の人々はびっくりして彼女らを見た。

もちろんマージョリーは、そんなことは気にしない。追及するほどの暇人も、できるだけの異能者も、そうそういないからである。彼女は両手でそれぞれ襟首《えりくび》をつかんだ二人の、これも同じく浴衣姿の少年たちを引き寄せて言う。

「ケーサク、エータ、私は灼眼《しゃくがん》のチビジャリか調律師の爺《じじ》いを探して合流するから、あんたたちは『玻璃壇《はりだん》』に向かいなさい」

彼女らは廃デパートの一フロアに、広域監視用の宝具《ほうぐ》『玻璃壇《はりだん》』を隠し持っている。そこは危局におけるマージョリー・ドー一味の秘密基地だった。

一応は美少年という形容を付けてもいい細身の少年・佐藤啓作は、襟首をつかまれながらも周りを切羽詰《せっぱ》まった表情で見回す。

「こ、これ、やっぱり〝紅世《ぐぜ》の徒《ともがら》〟がなにかして……？」

「もう俺《おれ》たちの生きてる間には来ないはずじゃ」

と、少々痛い指摘をしたのは、大作りで愛嬌《あいきょう》のある顔立ちを緊張に固める大柄《おおがら》な少年・田中《たなか》栄太《えいた》である。

「う、うるさいわね」

マージョリーはムッとなって、二人を捕まえていた手を放した。彼女は、成り行きから協力を求めたこの少年らに慕《した》われ、また惜《お》しまれていることを承知しながら、明日にはこの街を去る、と宣告したばかりだった。その理由は、

『〝紅世《ぐぜ》の徒《ともがら》〟は同じ場所を襲うことはめったにない。この街は短い期間に三度も襲われたのだから、もう人の一生分くらいは安全だろう。だから、フレイムヘイズたる自分が滞在する必要もない』

というものである。

が、今起こっている異変は、彼らに指摘されるまでもない〝紅世《ぐぜ》の徒《ともがら》〟の仕業《しわざ》だった。

「私だって間違うときは間違うのよ」

ばつの悪そうな言い訳を、マルコシアスが再び茶化す。

「ヒヤヒヤヒヤ、〝愛染《あいぜん》の兄妹《きょうだい》〟が来たときも、んーなこと言ってたっけなブッ!?」

バン、とマージョリーは〝グリモア〟を叩《たた》いてこれを黙らせる。

「お黙り、バカマルコ。さあ、早く――」

言いかけて、声を切った。

彼女は、共に一の子分を自称するこの二人が、弾《はじ》かれたように命令の実行に走ると、当然のように思っていた。以前、〝徒〟の襲撃を受けた際、この子分たちは張り切ってそうしていたからである。

しかし、今日は違った。

「俺たち……前と、変わりないですね」

田中は悔しそうに、まるでそれ以上の命令を促すように言った。

佐藤《さとう》はもっと露骨《ろこつ》に、激昂《げっこう》の色さえ見せて叫ぶ。

「本当になにも、できなくて、また逃げるだけですか!?」

「……」

マージョリーはこの二ヶ月ほど、この少年らが決して止《とど》まろうとせず、彼らなりのやり方で自分についてこようと努力してきたことをよく知っていた。その行為を馬鹿《ばか》馬鹿しく思い、また今も、彼らの望む領域、自分の影さえ全く踏めていないことも分かっていた。

しかし、

「……マルコシアス」

彼女は言って、脇《わき》に抱《かか》えた〝グリモア〟に手をかけた。画板をまとめたほどもあるその本を軽々、どころか優美な挙措《きょそ》で取り上げ、二人の前でページを開く。その年代ものの羊皮紙《ようひし》らしい紙面は、古めかしい文字で埋め尽くされていた。

「あんまり賛成はできねえな」

マルコシアスが、人々の奇異の視線にも平然と、しかし乗り気ではなさそうに言った。

それをマージョリーはあえて無視し、開いた大きなページに挟んでいた付箋《ふせん》を二つ引き抜いた。同時に、古文字の一文が群青《ぐんじょう》色の光を流し、その文の終わるや、付箋に光が移った。

バン、と〝グリモア〟を乱暴に閉じて脇に戻すと、マージョリーは指先に挟《はさ》んだ付箋を二人にかざす。

「こいつに今、私の〝存在の力〟と、幾つかの自在式を込めたわ。『玻璃壇《はりだん》』にたどり着いたら、私がいつも立ってた場所で、これに意志を込めて起動を願い……そうね、はっきりと言葉で『起動を願う』と言いなさい。そうしたら、次は『マージョリー・ドーと声を交わさん』と言うの。分かった？」

佐藤《さとう》と田中《たなか》は、一瞬の間を置いて、全《すべ》てを理解した。輝かんばかりの喜色とともに、それぞれの呼び方で敬愛する美女に答える。

「はい、マージョリーさん！　まずは『起動を願う』！」

「次に『マージョリー・ドーと声を交わさん』ですね、姐《あね》さん！」

　全く現金に活力を取り戻した子分たちを見て、マージョリーは困ったような笑みを浮かべると、素早く二人の襟元《えりもと》に付箋を差し込んだ。そのついでのように言う。

「ドジ踏んでやられたりするんじゃないわよ」

　マルコシアスも観念したのか、溜《た》め息に混ぜて注意する。

「よう、ご両人。この状況に違和感を覚えてんのは、俺《おれ》たちと関わることで〝存在の力〟の流れに慣れてっからだけどよ、本当にただそれだけなんだぜ？　無茶《むちゃ》はしてくれんなよ」

　二人は、珍しく真剣に情味を表した〝紅世《ぐぜ》の王〟に、

「ああ、サンキュー」

「気を付けるよ」

　と、それぞれ深く頷《うなず》いて答えた。

　マージョリーが手をシッシと振って促す。

「ほら、グズグズしてんじゃないの」

「「はいっ！」」

　大声を合わせて答えると、二人は駆《か》け出した。もうないと思っていた、憧憬《どうけい》と尊敬の対象たる女性の役に立てる機会に浮き立ち、浴衣《ゆかた》の足ももどかしく、全力で目的地、駅前の廃デパートへと、人ごみを掻《か》き分けて向かう。

　それを二人はしばらく見送り……やがてマルコシアスが、ない口を開く。

「経験がねえわけでもあるめえに。これ以上、普通の人間を深みに誘ってどうするよ」

「だって……そうしよう、って思っちゃったんだもの」

正論で攻める〝紅世《ぐぜ》の王〟に、マージョリーはまるで駄々《だだ》っ子のように口答えした。

「私にとって、行動の理由は感情なのよ、結局」

「……」

マージョリーは、二人を紛《まぎ》らせた人垣《ひとがき》を伊達眼鏡《だてめがね》越しに見やり、続ける。

「私があなたと契約したのも、奴を追っているのも、ここにこうしているのも、あの二人にあしたのも、全部、行動させるだけの感情が湧《わ》いたから。理屈だけで動けるのなら、私はそもそもいないのよ。それに……」

「あん?」

躊躇《ためら》いつつ、また僅《わず》かに悲しみを混ぜて、美女は真情を吐露《とろ》する。

「なにかできるかも、って……まだ思ってるのかも」

数百年からの相棒は、再び溜《た》め息に声を混ぜた。

「我が麗《うるわ》しの酒杯《ゴブレット》、マージョリー・ドー。おめえはどうにも、いい女すぎるぜ」

「バカマルコ。笑い飛ばしなさいよ、こういうときこそ」

奇妙な会話への注視の中、女傑《じょけつ》は構わず笑い、〝グリモア〟を軽く叩《たた》いた。

御崎《みさき》市駅は、短時間の内に大きく様変わりしていた。

一階のホールに現れたドミノを中心に、膨大《ぼうだい》な量のパイプやコードが、歪《いびつ》でいい加減に見える機構を各所に張り巡らせ、不気味《ぶきみ》な脈動を始めている。その全体は、くず鉄でできた城とも、外装を貼《は》り付ける前の工作機械とも見えた。

その二階、ようやく人も逃げ散り電車もなくなった、無人のホーム中央にあるエレベーター。階下の改札口と通じているそれが、チン、と小気味よく鈴を鳴らした。薄く漂《ただよ》う蒸気の中、外側以上に様々な部品で飾り立てられたホームに向けて、扉が開け放たれる。

「あああああ」

変な声とともにガラガラとぶちまけられたのは、エレベーターの容量ギリギリまで詰め込まれたガラクタだった。

と、その山なす中からドミノの首が、ひょっこりと突き出た。

「腕は〜、あ、あったあった」

同じく、ガラクタの中から細いパイプの腕がにょっきりと伸びて、首を引き抜いた。その下には血管のようなコードの束が繋《つな》がっていて、首を危なっかしく支える。

「よーし、下ごしらえ終わり。急がないとフレイムヘイズが来ちゃうよ」

ぶつぶつ言いながら、ドミノは腕をガラクタの山に再度突っ込んで、目当ての物を探す。程なく、ホールで手にしていた、奇怪な紋様《もんよう》を刻みネジを埋め込んだマンホールの蓋《ふた》を引きずり出した。

彼はそれをホームに、まるで割れ物でも扱うようにそっと置くと、上に腕をかざす。重々しくも滑稽《こっけい》さの感じられる声色で、口のない首が言う。

「あー、てす、てす、てす。こちら『我学《がが く》の結晶エクセレント7932ー吽《うん》の伝令』、『我学《がが く》の結晶エクセレント7931ー阿《あ》の伝令』、聞こえますかー?」

途端、マンホールの蓋に刻みつけられた紋様が、馬鹿《ばか》のように白《しら》けた緑色に発光する。

《――すよお、ドォーミノォー》

やけにハイテンションで間延びした声が響くや、発光部から同色の炎《ほのお》が噴出《ふんしゅつ》した。それは数秒の迸《ほとばし》りを経て、半透明に揺らめく像を作り上げた。

だらんと長い上っ張り(本当は白衣なのだが、映像は緑の濃淡でしか表示できない)を着た、ひょろ長い男である。分厚い眼鏡《めがね》の奥に鋭すぎる目線を隠し、ガサガサの長髪から上っ張りの内側までの全身を、幅広いベルトのようなものでグルグル巻きにしている。その細い首からはカメラや双眼鏡、メモ帳にロザリオ、果ては銃《じゅう》まで、様々な物を紐《ひも》でぶら下げていた。

この、只者《ただもの》ではないことを無駄《むだ》に強調する男の映像に向かって、ドミノはまず言う。

「教授、最初の音声が切れましたですよ」

《……ドォーミノォー》

教授と呼ばれた男の声に連れて、ホームに張ってあったコードが一本、分厚い鉄製の蓋《ふた》に埋め込まれたネジに接続された。途端、周囲のガラクタがマジックハンドに形作られ、首だけのドミノの頬《ほお》をつねり上げる。

「ひははは《いたたた》……ひょうひゅ《きょうじゅ》、ひはひ《いたい》」

コードに支えられた首が、マンホールの蓋から伸びたマジックハンドにつねり上げられるという、珍妙《ちんみょう》な光景が展開されること数秒、教授はようやくドミノを放し、

《そぉーんなことより、作業ぉーの進捗《しんちょく》状況はどぉーう、なっているんです⁉》

変なところで溜《た》めて変なところで流す、おかしな口調で問いただす。

ドミノは頬をパイプの腕で擦《こす》りつつ、こちらもおかしなへりくだり口調で答える。

「ええ、と。撹乱《かくらん》用自在法の最大効果範囲、および出力確認のための初期稼動部の構築は完了してるんでございます」

《ふうーむ、なぁかなかにエエークセレントな手並みです。そぉれで、いぃーまいましいフレイムヘイズの方はどぉーうなっています》

「はあーい。目下、その気配は遠方にあり、直接的な妨害には出てきてないんでございます。初手《しょて》を我々が制し主導権を得た以上、実験の成功は疑いナシでございまふひはひひはひ《すいたいぃたい》」

マジックハンドがまた、ドミノの頬をつねりあげる。

《実験といぃーうのは、なぁにが起きるか分ぁーからないからこそ実験なのですよ。何度言っ

たら分あーかるんです、ドォーミノォー》
「ふひはへん《すいません》ふひはへん《すいません》……たしかに、この自在式が稼動しなければ、我々にはなす術《すべ》がありませんからへひはひひはひ《ねいたいいたい》」
教授は一旦《いったん》放したものを、またつねる。
《私の自い在式の完成度に不安でもあぁーるんですか、ドォーミノォー？》
「ひへひへ《いぇいぇ》、ほふひふはへへは《そういうわけでは》」
《くぅーだらない心配などしぃてないで、さぁーっさと撹乱《かくらん》を始めるんですよぉ！》
「はひー《はい》、それでは――」
緊張感のないやり取りを経て、しかし大規模な力の脈動が始まる。

（助けて）

吉田《よしだ》一美《かずみ》は、無限に続くかのような人込みを掻《か》き分け、ただひたすらに逃げていた。

（誰か、助けて）

浴衣《ゆかた》が着崩れることにも構わず、息を切らしていることにも気付かない。前にある人を勢いだけで押しのけ、迷惑《めいわく》顔も目に入らない。どこまでもどこまでも逃げていた。

心は、助けてくれる誰かを求めている。

しかし体は、全《すべ》てから遠ざかろうとしていた。

(ここから、私を出して)

止まれなかった。

止まってしまえば、捕らえられてしまいそうだった。

坂井《さかい》悠二《ゆうじ》に――否、坂井悠二の形をしたモノに。

(お願い、誰か、ここから、私を、坂井君を、助け出して!)

吉田《よしだ》は、自分の後ろからそれが追ってくるという、恐怖の錯覚《さっかく》に囚《とら》われていた。

それに『本物の坂井悠二』の人格や記憶が残っているかどうかは問題ではなかった。

それがたった今まで、自分に至福《しふく》の時を過ごさせてくれていたことも関係なかった。

たった一つ、それだけは信じたかったもの、『坂井悠二はそこにいる』、
たった一つ、それだけは守りたかったもの、『坂井悠二は生きている』、
ただ一人だけに向けた想いと願いを、あまりに呆気《あっけ》なく打ち砕かれた。

その衝撃《しょうげき》が、彼女を逃避《とうひ》へと駆《か》り立てていた。

(坂井君が、もう……どうして、坂井君だけは、それだけなのに!!)

受け入れられない現実、受け入れたくない事実を認めさせるために、それが追ってくるかもしれない。本当のことを認めさせられてしまうかもしれない。それがなにより、怖かった。

坂井悠二が、トーチだった。

いつか燃え尽き、忘れてしまう。

自分が抱《いだ》いた想いも全て、全て。

絶対に認めたくない、その気持ちを持って、吉田一美《かずみ》は逃げていた。

(嫌《いや》だ！　嫌だ嫌だ嫌だ！　私は坂井君が好きなの、なのに、どうして――！)

走って惑う、その彼女に、

「吉田さん？」

一人の少年が声をかけた。

「！」

吉田はその声、かつて自分がいた場所からの声を受けて、ようやく足を止めた。

傍《かたわ》らの露店《ろてん》から、クラスメイトの池速人《いけはやと》が、怪訝《けげん》な表情をして立ち上がっていた。戦利品らしき水風船のヨーヨーを手に下げた、日常の中にあるままの、その姿。

「――あ、い」

吉田は、困ったときにいつも助けてくれた、どんなことにも答えをくれた、頼れば支えてくれた、そんな少年に向けて言う。

「い、池、君」

髪を浴衣《ゆかた》を振り乱し、蒼白《そうはく》な顔色に息も絶え絶えな彼女の姿を見て、池は驚く。

「ど、どうしたんだい、吉田さん！　なにかあったの!?」

「池《いけ》、君」

吉田《よしだ》は繰り返し、壊《こわ》れる前の世界を恋うように、クラスメイトという日常の繋《つな》がりを持つ少年の名を呼んだ。そこから湧《わ》き出す安堵《あんど》に、思わず涙を零《こぼ》しそうになる。

この少年は、あの世界と関係のない場所にいる。

自分が覗《のぞ》いてしまったものなど知らない場所にいる。

その目の前にある事実は、あるいは実際に助けをもたらしてくれるかもしれないフレイムへイズ・カムシン以上に、彼女の心を支えていた。

「池君」

さらにもう一度、その名を呼ぶ。

安堵を、少しでも多く得るために。


「調律の逆転現象発生は、すでに花火の歪曲《わいきょく》など、目視《もくし》で確認～。続きまして『撹乱《かくらん》用自在法の最大効果範囲、および出力確認の実験』を開始いたしますんでございまーす」

コードに支えられたドミノの首が、緊張感のない声で宣言した。

「効力範囲最大、全因果間の相互干渉《かんしょう》確認、全自在式への指令、注～力」

瞬間、御崎《みさき》市駅の全体に張り巡らされたコードやパイプ、鉄骨に、〝存在の力〟が馬鹿《ばか》のように白《しら》けた緑色の光となって走った。
　この世を荒す〝紅世《ぐぜ》の徒《ともがら》〟とその下僕《げぼく》たる〝燐子《りんね》〟は、人を喰らって得た〝存在の力〟によって在り得ない事象を引き起こす。それを繰る技術を自在法といい、自在法の発動を図に表し強化する力の結晶を自在式という。
　駅舎《えきしゃ》を走り閃《ひらめ》いたこれは、御崎市全域に張り巡らされた、、、とあるものを制御《せいぎょ》するための、巨大で複雑な自在式だった。
《――実――っ験、開始ぃ!!》
　教授、絶頂気味の声とともに、
　歪《いびつ》な花火乱れ咲く空の下、御崎市が丸ごと――歪《ゆが》んだ。

　突然、

「――っ!?」

　吉田の目の前から、池が消えた。

　だけでなく、彼女の周り、全《すべ》ての景色が変わった。

「あ、あ」

　そこは、河川敷《かせんじき》の露店《ろてん》街でこそあるものの、一瞬前まで見ていた風景とは完全に違う、別の場所だった。

周囲の人々も、彼女と同じように驚き戸惑い、周囲を見回している。自分の隣でわたあめを舐《な》めていた友達、銀色の風船を手に前を走っていた子供、傍《かたわ》らで射的に興じていた恋人、全《すべ》てを瞬《まばた》きの間に見失っていた。誰も彼もが、いきなり場所を移動させられたのである。

「やめてよ」

吉田《よしだ》は呟《つぶや》き、その場に立ったままカタカタと震える。

「もう、やめて」

その間にも、異常を知り互いを探し騒ぎ始めた人々に、平静を呼ぶ波が襲いかかる。途端、今の異変を受け入れて、皆が静まる。異変のあったことを忘れ、見失った互いを平然と探し始める。それは、あるいは歪《ゆが》んだ花火などよりもさらに、不気味《ぶきみ》な光景だった。

その光景の中、彼女だけが異変のあったことを覚えて、取り残されていた。自分の前からなにもかもが奪われたかのような錯覚《さっかく》に苛《さいな》まれ、心身を絶望に引き裂《さ》かれ、その様を声に変えたかのような叫びをあげる。

「やめてえええええええ――――!!」

しかし、そんな彼女こそが『おかしなもの』であると、周囲には映っていた。

少女は異界《いかい》の中、一人っきりになった。

御崎《みさき》市駅の中で、ドミノが一撃目の成果を確かめる。

「自在式、配置全領域での効力発現を確認。未稼動部なし、干渉不全《かんしょうふぜん》なし、事後の制御《せいぎょ》にも異常なし……実験は超・順調でございますです！」

《エークセレントッ!!》

教授の像が、長い腕を広げて自身の成果への喜びを示す。

ドミノも、パイプの両腕を出してがっしゃんがっしゃん拍手する。

「すんばらしんでございます、教授！　調律師の自在式乗っ取りは完全に成功、撹乱《かくらん》の自在法発現の予備起動としても完璧、これでフレイムヘイズも絶対に近寄れないんでございます。あとは引き続き『夜会《やがい》の櫃《ひつ》』受け入れ作業に励みますでぇー、す？」

マジックハンドがドミノの頭の上をゴリゴリ擦《こす》っていた。

《よぉーっく、やりました、ドーミノォー。いい子いいー子、してあげましょーう。しかぁーし、実験はむぅーしろコレからが本番、それまではフゥーレイムヘイズを近づけないよーうに、頼みましたよぉー？》

この思わぬご褒美《ほうび》に、ドミノは両目の歯車を高速で回して喜色を表し、張り切って大きな声で答えた。

「はいはーい！　このドミノめにおまかせくだっさーひはひは《いたいいた》!?」

教授は、撫《な》でていたマジックハンドで、またドミノの頬《ほお》をつねっていた。

《はいの返事は一度と言ったでしょう、ドォーミノォー？》

「うそつき!!」

叫んだシャナは、自分の言葉に驚いた悠二《ゆうじ》の顔が、眼前で消えるのを見た。

「悠――？」

場所をでたらめに移され騒ぐ人々の中、半ば本能として、彼女は素早く周囲の地勢と状況を確認する。直接的な害はなさそうだったが、周りを含めた効果からして、

「調律の失敗で起こりうる事態ではない。自在法だな」

その胸元に下がる、黒い宝石に金の輪をかけた意匠《いしょう》のペンダントから、遠雷《えんらい》のように低く重い声が響いた。

「近似した因果を持つ者同士を入れ替えたのだ。ここまでの人数の入れ替えを一気に行えるほどに大規模なものは初めて見るが……いったいなにが目的なのか」

声の主は、彼女の身の内にあり、異能者フレイムヘイズの力を与えている〝天壌《てんじょう》の劫火《ごうか》〟アラストール。このペンダント型の神器〝コキュートス〟に意志を表出させる〝紅世《ぐぜ》の王〟である。

今まで押し黙っていた彼が、自分から声を出した。それはわざわざ確かめるまでもない、事態の切迫を示していた。

「なんにせよ、悪意ある第三者による襲撃《しゅうげき》に違いあるまい」

「……うん」

シャナは声を押さえ、そして短く答えた。

まるで、今ある状況を壊《こわ》すことを恐れるように。

（悠二）

彼女は、自分が待っていることを、期待していることを、はっきりと自覚していた。異変に混乱する群衆を掻《か》き分けて、自分の名前を呼んでくれる少年が、来てくれることを。

（私を見つけて、呼んで）

ほんのさっきまで自分が責めていた、そのことに驚かれた、全部分かっていて、それでも甘《あま》えたかった。彼ならできる、してくれる……そうあるよう、願った。

（来て、お願いだから）

が、
現実はやはり、彼女の甘えを許さなかった。自身の使命と存在意義に言い訳できる精一杯の時間、数秒を彼のために使い果たし、フレイムヘイズは知る。

少年は、来ない。

自身の使命は矢継《つ》ぎ早に行動を求める。

またさっきの自在法が行われるかもしれない、次は攻撃かもしれない、こんな所でぐずぐずしてはいられない、早く全体状況を摑《つか》まねばならない、対処の手段を考え——

そこで、思考が急に止まった。

「——っ」

思わず唇《くちびる》をきつく嚙《か》む。

この御崎《みさき》市における戦いで、今までそうしてくれていた存在が、欠けている。いざというときに切れる頭で、思いもよらない作戦を立てる少年が、傍《かたわ》らにいない。

「うそつき……」

少女は再び、小さな声で少年を責めた。小さな胸に手をやり、その懐《ふところ》の内にある一枚の紙切れ、祭りの前に少年が残してくれた手紙を押さえ、立ち尽くす。

周囲では、また群衆の混乱が不可思議な波を受けて、唐突《とうとつ》に平静を取り戻していた。

それを感じ取ったアラストールが、様々な問いを込めて、口を開く。

「シャナ」

彼の契約者たる少女は、表情を引き締め、心を使命感で奮い立たせる。

「大丈夫」

短く答え、両側頭《そくとう》の結《ゆ》い髪に手をやる。

（千草《ちぐさ》は、ちゃんと帰ったかな）

　この髪を鼻歌を弾《はず》ませて結ってくれた女性……急用を思い出した、先に帰ってて、と適当に言い置いてきた女性のことを少しだけ思い煩《わずら》い、しかし躊躇《ちゅうちょ》なく解いた。癖《くせ》のつかない漆黒《しっこく》の髪が、夜風と祭りの灯《ともしび》の中に流れる。

　一人立つ少女は再び、半ば自分に向けて、言った。

「大丈夫。ちょっと前までと——同じ」


「な、なんだ？」

　田中《たなか》は、自分が今まで見ていた光景が一変したことに仰天《ぎょうてん》した。

「どこだ、ここは……佐藤《さとう》？」

　隣を見れば、すぐ横を走っていた親友までいなくなっている。

（移動させられた？　これも〝徒《ともがら》〟の自在法ってやつか）

　周りで騒ぐ人垣《ひとがき》越しに大柄《おおがら》な体を伸び上がらせて、堤防の特徴や鉄橋の眺めなどから、自分の居場所を確認する。幸い、大した距離を移動させられたわけでもなさそうだった。

（佐藤とはぐれちまうとはな……まあ、どうせ向かう所は一緒だけど）

　と開き直って周囲を警戒するが、〝紅世《ぐぜ》の徒《ともがら》〟襲撃《しゅうげき》等の特別な異変は見えない。店の内外含めて、人の位置がでたらめに引っ掻《か》き回されたことでの騒ぎこそあるものの、危険と思えるほどの恐慌《きょうこう》は起こっていなかった。

(どうせすぐ、みんな落ち着かせちまう、あの変な波みたいなのが来るんだろうしな)

度胸を据《す》えて、田中《たなか》は次のアクションを待つ。

連れの名を心細げに叫ぶ少年、はぐれた子供を捜《さが》す母親、混乱して叫ぶ少女、人ごみを掻《か》き分けて自分の店に駆《か》け戻る露天商《ろてんしょう》など、慌《あわ》てたり恐れたりする様々な声と動きの中で、ただ事態が動くのを待つ。

数分と経《た》たない内に、

(き、来た)

不気味《ぶきみ》な波が、まるで大きな音で叩《たた》かれたときのように、一瞬で体を通り抜けた。

すると思ったとおり、周囲の人々がいきなり平静を取り戻す。あるいは逸《はぐ》れた連れを探し、あるいは祭りに気持ちを向けして、平和な今を過ごしてゆく。互いの位置をごちゃ混ぜにするという新たな異常が起きた後も変わらず、この妙な現象は繰り返されるものらしい。

「よし」

口に出して、ようやく田中は動き出した。混乱する人々の中で動くのはまずいと思ったからで、また落ち着いて自分の位置を確認するためでもあった。敵が襲ってくる、という危機的状況がないよう祈りながら、彼は駆け出した。

と、その前に、お面を被《かぶ》った浴衣《ゆかた》の少女が飛び出した。

「つわ？」

「……」

驚き止まる彼を、少女は通せんぼする。子供用のお面で顔の上半分は隠れていたが、残った下半分、細いがしなやかさの見える肩の線、顔見知りゆえに感じる雰囲気などから、田中は直感的にこの少女が誰かを悟《さと》った。

クラスメイトの緒方真竹《おがたまたけ》である。

「な、なんだ、オガちゃんも来てたのか」

警戒していたものと全く違う相手の出現に戸惑いながら、田中は声をかけた。

「なんともないか……っと、そうだ」

つい相手の安否を確認してから、それどころではないと思い直す。今、彼女には構っている暇がない。軽く言って通り過ぎようとする。

「ゴメンな、今ちょっと急いで——!?」

と、緒方に浴衣の袖《そで》を引っ張られた。

「ちょ、おい」

「さっきの人、誰？」

「へ？」

振りほどこうとした田中《たなか》は、動作の途中で固まった。

緒方《おがた》の被《かぶ》るお面から覗《のぞ》く、顔の下半分。その口元に、緊張の強張《こわば》りと恐れの震えが見えた。

袖《そで》を力いっぱい握り締めつつ、彼女はさらに訊《き》く。

「さっき一緒にいた外人さん、誰なの？」

「え、いや——てゆーか、今はそれどころじゃないんだって！」

いい、親しい友人に見られていたことへのバツの悪さと、のっぴきならない事情で急いでいることへの焦《あせ》りから、田中は再び少女の腕を振りほどこうとした。

「と、とにかく離してくれよ。行かなきゃならん所が——」

「誰なのよ!!」

緒方の（彼にとっては）不条理な詰問《きつもん》を受けて、つい田中はかっとなった。

「分かんない奴《やつ》だな！　今は危険なんだよ！」

なにが危険というわけにもいかず、おっかぶせる口調になる。

「オガちゃんも遊んでる場合じゃないんだ！　早く家に帰れ!!」

二言目《ふたこと》は、危機的状況下で発揮された彼の優しさだったのだが、なにも知らない緒方は、ただ追い返されている、としか受け取らなかった。

「やだ！　教えてよ！」

「しつっこいな！」

田中《たなか》もさすがに苛立《いらだ》ってきた。目の前の少女がお面を被《かぶ》っていることを、遊びでまとわりついているように感じて、お面を取り上げようとする。

「!!」

緒方《おがた》は思わず両手でお面を押さえた。

そんな彼女の、おふざけの極みと思える態度に、田中もとうとう怒鳴《どな》り声を上げた。

「怒るぞ、オガちゃん!!」

「——っ、うう」

「あっ?」

自分がとんでもない勘《かん》違いをしていた、と気付いたときには、もう遅かった。

「うあああああああん」

「あわ、ちょ」

お面を押さえたまま、緒方は泣き出した。顔の下半分にボロボロと涙が零《こぼ》れる。

周囲からの冷やかし半分な注視を受ける中、田中は慌《あわ》てふためいて、しかしなにをどうすればいいのか分からず、ただオロオロと彼女に取られたままの袖《そで》を揺らす。

「その、なんだ、すまん、オガちゃん」

(あーもう、俺《おれ》の方こそ泣きたいっての!)

と思いつつも、田中は泣き続ける少女をなんとか宥《なだ》めようと声をかける。

「なにが、その、なんだか知らんけど、とにかく泣くなって」

全く下手《へた》な慰《なぐさ》めだったが、それでも緒方は大声で泣くことだけは止《や》めた。

「オガちゃん、あのな、どう説明していいか……」

元々口が上手《うま》い方ではない。田中は早々に説明を諦《あきら》めて、当面ベストと思える選択をした。

「ええい、とにかく家まで送ってってやるから、今日はおとなしく帰るんだ」

緒方は、常の威勢のよさを欠片《かけら》も感じさせない弱々しさで、しゃくりあげながら答える。

「で、でも――、藤田《ふじた》さんとか、池《いけ》君とか、み、みんなが」

「迷子《まいご》で困る年でもないって。お祭りで別れて帰るのもいつものことだろ。いいから、ほら」

田中は最大限の譲歩として、取られた袖で緒方を導いた。

（今ここで〝徒《ともがら》〟が現れて暴れてるわけでもないし、家とどっちが安全かも分からんけど……オガちゃんをこのまま放っとくわけにもいかないからな）

考えながら、歩き始める。さすがに走ることはできなかったが、それでも早足に河川敷《かせんじき》から堤防へと向かう。まだ少し肩を震わせる少女も、袖を握る手だけは強く、足取りはたどたどしく、付いてゆく。

「本当に急いでるから、ゴメンな」

「……うん」

わざわざことわる彼に、緒方も小さく頷《うなず》いた。

（またさっきの、人を入れ替える自在法が来て、はぐれなきゃいいんだけど）

田中《たなか》は思わぬ弱さを見せた少女のためにそう願い、しかし自分の行く先を見る。

と、その中から、浴衣《ゆかた》を着た一人の女性が歩み出た。身を屈《かが》めて、悲嘆に震える少女の肩に手をやる。

膝《ひざ》を着いて泣きじゃくる吉田《よしだ》を物珍しげに眺め、しかし人々は通り過ぎてゆく。

「あなた……いつかの、悠《ゆう》ちゃんのお友達？」

「……えっ」

吉田は、聞き覚えのある柔らかな声の主に、恐る恐る顔を振り向けた。涙に滲《にじ》む祭りの灯《あかり》の中に、やはり見覚えのある和《なご》やかな微笑を湛《たた》える女性が浮かび上がっていた。

震える唇《くちびる》で、ようやく声を零《こぼ》す。

「坂井《さかい》君の、お母、さん……？」

その女性・坂井千草《ちぐさ》は、少女の肩に添えた手を、今度は助け起こすために差し伸べる。

「覚えててくれた？」

千草は再び笑いかけ……そして、訊《き》いた。

「——もしかして、ヨシダ・カズミさん？」

2　妄動

佐藤啓作《さとうけいさく》が、ミサゴ祭りに向かう大通りの人ごみを掻《か》き分け、また逆らって進んでいる。

いきなり不可思議な力で田中と引き離され、どことも知れない露店《ろてん》街の真ん中に放り出された彼は、即座に駅前へと足を向けていた。マージョリーからの命令を遂行するためである。

駅前には、依田《よだ》デパートという高い廃ビルがある。そのフロアの一つに隠された宝具《ほうぐ》『玻璃《はり》壇《だん》』に辿《たど》り着き、二つの言葉を唱えなければならない。

(くそ、じれったいな)

どこから湧《わ》いてくるのか、歩道に溢《あふ》れる雑踏《ざっとう》を、ときに文句を言い、また言われして少年は進む。

河川敷《かせんじき》にいる間は分からなかったが、大通りでは、向きがでたらめになった車がそこかしこで立ち往生して大騒ぎになっていた。全体の様子を窺《うかが》ってみると、どうやら車ごと再配置されたものらしい。

幾台かはガードレールに衝突《しょうとつ》してさらなる渋滞《じゅうたい》を生み、またその事故の様子を人々が見物して歩道を混雑させている。

(河川敷《かせんじき》の人間は人間同士、車道の車は車同士で入れ替わった、ってことか……?)

さっきの自在法は、どうも似た立場にある人間を、持ち物や車ごと入れ替えてしまうものらしい。そんな、でたらめなりの法則性を思いつつ、人込みの中を進むこと数分、行く先に、夜遊びで見慣れた駅前の光景が現れる。

はずだった。

「えっ——?」

林立するビルの陰から現れたもの、その変わりように、佐藤《さとう》は呆然《ぼうぜん》となった。

(なんだ、あれ、駅なのか……?)

御崎《みさき》市駅が、変貌《へんぼう》を遂《と》げていた。

前後に幅広の高架《こうか》線路を延ばした駅舎《えきしゃ》は、そこかしこから鉄骨を突き出し、電線を張り巡らし、パイプを絡《から》みつかせている。その構造は無秩序なように見えて、しかしどこか、全体に機能や意図の存在を匂《にお》わせている。まるで人工の、巨大な繭《まゆ》のようだった。

佐藤はこの奇観に、思わず〝紅世《ぐぜ》の徒《ともがら》〟(彼の想像では特撮番組の怪人のような姿)がうろついていないか、辺りを見回した。

(敵はどこだ、いないのか? だいたい、なんで誰も騒がないんだ?)

歩道を埋め尽くす雑踏《ざっとう》は、空の花火に驚いては静まるという異常な行為を、さっきから延々繰り返している。どうやら、あの駅舎の形もそういうものと受け入れてしまっているらしかった。

（にしたって、限度ってもんがあるだろ！）

誰にでもない、怒りのような気持ちを抱《いだ》いて佐藤は進んで行く。

敬愛するフレイムヘイズの敵は、常識など通用しない恐ろしい存在である。彼はそのことを、実際に〝紅世〟の脅威《きょうい》を目にすることで痛感させられていた。

やがて、行く手に大きな交差点が見え始める。道路を渡って道を折れれば、すぐ地下街へと降りる階段に行き当たる。廃ビルとなった旧依田《よだ》デパートに入るため勝手に鍵を付け替えた扉、彼らの秘密基地への入り口が、その人通り少ない地下通路の端《はし》にあるのだった。

（田中《たなか》の奴《やつ》、先に着いてるかな）

ポケットの中、その鍵を玩《もてあそ》びながら見る先で、信号が赤に変わった。

大通りでは、入り乱れた車同士がクラクションを鳴らし合っている。それぞれ方向を元通りに変えようと悪戦苦闘しているが、その行為がかえって渋滞《じゅうたい》を生む結果となってしまっていた。クラクションだけでなく、ドライバーの怒号も混ぜた喧騒《けんそう》はうるさいことこの上ない。

その騒ぎには直接関係のない、歩道を行く人々は、平然と信号に従って車を避け、ときにはボンネットや屋根を乗り越えして横断歩道を渡っている。全く、異常な眺めだった。

佐藤は信号が変わるのを待つ。この混乱に満ちた渋滞の中で信号無視をするだけの度胸はなかった。駅前幹線道路の横断歩道であるため、その待ち時間は長い。

(あれが、俺《おれ》たち人間の敵……もう、マージョリーさんはあそこにいるのかな)

焦《じ》れながら待つ間、佐藤《さとう》は道路の延びる先を見やった。

そこに聳《そび》える異物、変貌《へんぼう》を遂げた御崎《みさき》市駅は、全体に余計な物を絡《から》みつかせてこそいるものの、駅舎《えきしや》の原型は失っていない。照明の位置にも変化のない、常の夜景の一部として存在している。ゆえに、だからこそ、普段見ていたものへの侵食、日常への侵略を、佐藤は感じた。

そのくせ、周りを歩く人々は、なんの危機感も持たず、それを光景の一つとして受け入れている。それは恐ろしいまでの、違和感からなる世界だった。

ふと、この何事もないという状況の中、魔が差すように思う。

(危険がないのなら……マージョリーさんたちの、生《なま》の戦いを見に行っても、いいかな)

好奇心から佐藤は思い、慌《あわ》ててその愚行《ぐこう》への意欲を打ち消そうとする。マージョリーの命令は、まず安全な場所に避難《ひなん》して、連絡を取ることだった。それを遅らせる、ましてや背《そむ》くことなど論外である、はず、だった。

(でも、そんなことじゃ、昨日……いや、ほんの今までと、同じだ)

マージョリーが去ろうとしていた矢先に起きた〝紅世《ぐぜ》の徒《ともがら》〟の襲撃《しゆうげき》。

それは、自分たち(それとも、自分か?)に与えられた、強く変わることへの、彼女の旅への同行を許してもらうための、最後の機会であるように、彼には思われた。

（ここで、今、なにかできないのか？）

秘密基地に籠《こ》もって、震えながらマージョリーの帰りを待つだけという、あえてネガティブなイメージを、自分の行く先に置く。それは無自覚な、違反行為を始めるための準備だった。

（マージョリーさんが俺たちを見限った理由……ただそこにいるだけ、ってのを、また繰り返すのか？）

思いは、もはや誘惑《ゆうわく》ではなくなっていた。自己正当化と焦《あせ》りを綯《な》い交ぜにして、自分がやろうとしていることへの言い訳を探す。

（俺が『玻璃壇《はりだん》』に行かなくても、田中《たなか》が……）

親友の姿が思い浮かぶ。彼と一緒だったなら、互いに引き合い言い合いして、なんの疑いも動揺もなく秘密基地へと向かっていただろう。

しかし離れて、一人になった。その親友と離れたという事実によって、佐藤は『戦いの場へ赴《おもむ》く』という、ひどく子供染《じ》みて、しかし切迫した欲求を胸の内に湧《わ》き上がらせていた。

マージョリーに認められたいという功名心《こうみょうしん》が、まずあった。

自分たちの街を襲った化け物に対する怒りも、当然あった。

そんな怒りに燃えている自分の姿への陶酔《とうすい》も、感じていた。

しかし、彼と同じ立場にいる親友への対抗心が、最も大きかった。

その親友・田中栄太《えいた》は、彼には重くて振れない剣を、僅《わず》かでも持ち上げることができた。彼が抜け駆けして風邪《かぜ》を引いたときも、笑って許してくれた。逆に彼は、マージョリーに看病《かんびょう》してもらったり（と思いたかった）、自宅で同居したりと、良い目ばかりを見ていた。

それら、密《ひそ》かに一方的に感じていた、深刻な劣等感と引け目が、彼に行動を求めさせた。

自分の方が、先に戦いの場へと足を踏み入れる。

行為への抵抗を全く覚えないほどの、あまりに甘美《かんび》な、それは熱望だった。行ったところでなにもできない、という冷静な判断や打算は、その中に埋もれてしまっていた。

彼の目の前で、本来行くべき場所、秘密基地へと続く信号が、青に変わる。

「……俺《おれ》に、だって」

それを、佐藤《さとう》は立ったままじっと見つめ、呟《つぶや》いた。

人波が彼を邪魔《じゃま》そうに避《よ》けて通り過ぎ、やがてすぐ信号は点滅した。

それが再び赤に変わったとき、彼の姿は、すでにそこになかった。


髪をなびかせ、シャナは走った。

近くにある者からは僅《わず》かに死角となる、遠くにある者からははっきり見えない、そんな露店《ろてん》の裏辻《うらつじ》に入るや、舞い咲く火の粉《こ》の中、炎髪《えんぱつ》と灼眼《しゃくがん》を煌《きらめ》かす。その色は、見る者の心を焼くほどに鮮烈な、紅蓮《ぐれん》。

その煌きを宙に引き、地を蹴《け》って跳ぶ。

瞬間、夜風に混じるその体を、漆黒《しっこく》の衣『夜笠《よがさ》』が包み、背に炎《ほのお》からなる双の翼が構成され、少女を一気に空へと連れ去った。

地より天へと向かう流星のように、フレイムヘイズ『炎髪灼眼《えんぱつしゃくがん》の討《う》ち手』は飛翔《ひしょう》する。

未だ上がり続ける歪《ゆが》んだ花火に照らされながら、この街に滞在している、彼女以外のフレイムヘイズたちの気配を探る。なにをするにせよ、まずは情報を得なければならなかった。

「……！」

ほんの数秒で、シャナはその二人を見つけた。

気配を感じた方向に、群青《ぐんじょう》色と褐色《かっしょく》、二色の灯《あかり》が点《とも》っていたからである。

御崎《みさき》市を割って流れる真南《まな》川に架《か》かった大鉄橋・御崎大橋の上。正確には、道路を跨《また》ぐ『A』の形をした、桁《けた》をワイヤーで吊《つ》る主塔の一つ、その天辺《てっぺん》に二色の灯は点っていた。

(あそこは)

この付近で一番目立ち、邪魔も入らないことから選んだのだろう。妥当な選択だった。

が、それを見たシャナの胸は痛んだ。

そこはかつて、彼女が〝愛染《あいぜん》の兄妹《きょうだい》〟という〝徒《ともがら》〟と、最後の決闘を行った場所だった。

熱く燃え、熱く戦い、熱く感じた、思い出の場所だった。

あのとき、その全《すべ》てを一緒に感じていた少年が、今はいない。

そのこと、それだけのことに、どうしようもなく胸が痛んだ。

(今は——そう、今は使命のことだけを)

念じつつ近付く主塔上辺に、大小二つの人影がある。手の先に点《とも》していたらしい、誘導《ゆうどう》のための火を、二人は消した。

シャナはタイミングを測って背の双翼《そうよく》を消し、夜風に乗ってその前に着地した。

「遅いわよ」

言って迎えたのは、『弔詞《ちょうし》の詠《よ》み手』マージョリー・ドーである。風にさらわれるのを防ぐためだろう、グラマラスなスタイルには似合わない浴衣《ゆかた》の裾《すそ》を膝《ひざ》辺りまで捲《まく》り上げ、その端《はし》を縛《しば》っている。

「ヒーッヒッヒ、俺《おれ》たちの方も、来て一分経《た》ってねえだろブッ」

その右脇《わき》に抱《かか》えられた本型の神器〝グリモア〟から、〝蹂躙《じゅうりん》の爪牙《そうが》〟マルコシアスが軽口を叩《たた》こうとして、逆に叩かれた。

彼女らの漫才は無視して、シャナはもう一人のフレイムヘイズ、大きく穏やかな気配を漂《ただよ》わせ佇《たたず》む少年に向き直った。今日の夕刻、初めて出会った際に自分が晒《さら》した醜態《しゅうたい》を思い出して、言葉の出だしに詰まる。詰まって、しかしフレイムヘイズたる自分を奮い起こして平静に、できるだけ平静を装って訊《き》く。

「……これは、どういう状況なの」

「ああ、確定はできませんが」

と少年は子供特有の高い、しかし瑞々《みずみず》しさの全く無い声で答えた。

シャナよりもさらに幼く見える小柄《こがら》な体軀《たいく》、真夏に長袖《そで》と長ズボン、顔も目深《まぶか》に被《かぶ》ったフードで隠し、右肩には布を巻いた長大な棒を担《かつ》いでいるという、なんとも奇妙な格好だった。

少年の名は、『儀装《ぎそう》の駆《か》り手』カムシン。

この世で最も古いフレイムヘイズの一人であり、かつては荒々しい戦いぶりで恐れられた、しかし今は〝徒《ともがら》〟に乱された世界の修復に当たっている『調律師』である。

「おそらくは、私が構築した調律の自在法に、なんらかの干渉《かんしょう》を受けた結果だと思われます」

「この変な歪《ゆが》みや、皆がそれを受け入れる波も、誰かがその調律の自在法なり式なりをいじって生み出してるってこと？」

マージョリーが、畑違いながら同じ自在師として訊《き》いた。

「ふむ、どうもそのようじゃ。実は、こういうことをする〝徒〟にも心当たりがある」

答えた嗄《しゃが》れ声は、カムシンと契約する〝紅世《ぐぜ》の王〟、〝不抜《ふばつ》の尖嶺《せんれい》〟ベヘモットのものである。

彼は、少年の左中指から手首、長袖の内へと巻かれたガラスの飾り紐《ひも》型の神器〝サービア〟に、その意志を表出させている。

シャナは余計な話を好まない。単刀直入に訊く。

「この件の首謀《しゅぼう》者ってこと？　誰？」

カムシンも簡潔に答えた。

「ああ、〝探耽求究《たんたんきゆうきゆう》〟ダンタリオン……聞いたことくらいはあるでしょう?」

「……〝教授〟、ね」

「なるほど、極めつけだ」

シャナとアラストールは、それぞれの言葉で深い憂慮《ゆうりよ》を示した。

この世に渡り来る〝徒《ともがら》〟というのは、概《おおむ》ね『勝手気侭《きまま》に生きる』、その欲望や信念に率直な者で占められている。人間と契約してフレイムヘイズとなる、一部の〝紅世《ぐぜ》の王〟らの物堅さ(マルコシアスのような例外もいるが)とは対照的な、それは存在の形そのものだった。

教授こと〝探耽求究《たんたんきゆうきゆう》〟ダンタリオンは、その中でも特に奇矯《ききよう》な欲望と信念に取り憑《つ》かれた、超の付く変人として知られやっかまれる〝紅世《ぐぜ》の王〟だった。

古くから人の世に現れた彼は、〝紅世〟とこの世、双方の在り様について研究と実験を行うことに、己が存在の全《すべ》てを賭《か》けていたのである。

彼の大いに厄介《やつかい》である理由は、とにかく行動律《りつ》が読めない、という点にあった。欲望の形や対象が、その時々によってコロコロ変わるのである。通常の〝徒〟の行動原理、ときには倫理さえも軽く踏み越える、というより踏み破る。その意味や意義は、彼自身にしか分からない。

幾つかの証言によれば、彼自身にも分からないことがあるという。

とある〝紅世の王〟に雇われて怪しげな企みに加担したこともあれば、新たな実験を思いついてその〝王〟を滅ぼしたこともある。乞《こ》われてフレイムヘイズの宝具《ほうぐ》を強化したこともあれば、〝徒〟にも同じ強化を施して、双方に甚大《じんだい》な被害を与えたこともある。幾人かのフレイムヘイズ誕生に関わったこともあって、〝徒〟の中にはあからさまに彼を憎む者さえいた。

自在法や自在式のみならず、宝具から世界の構造、ときには人間や〝徒〟、フレイムヘイズにまで、その実験対象は不安定で気まぐれな心の赴《おもむ》くまま変遷《へんせん》してきた。

今夜の出来事が、もし彼の仕業であるとすれば、狙《ねら》いなどありすぎて分からない。自在法に干渉《かんしょう》して奇妙な現象を起こしていることから見て、まず人が喰われるなどという単純な結果だけで終わるとも思えない。『並の強敵』などよりも、よほど対処しにくい相手だった。

「しーっかしよ、妙だとは思わねえか？」

マルコシアスが大して深刻な色も表さずに訊《き》く。

「こーやって自在法は動いてんのに、あのトンチキ発明王の気配を毛ほども感じねえ」

マージョリーも僅《わず》かに顎《あご》を引いて同意する。

「そうね。これだけ大規模な自在法を一気に立ち上げたんなら、感じていいはずなんだけど。あの〝愛染《あいぜん》の兄妹《きょうだい》〟でも、自在法の起動後には気配を現してたのに」

強く吹き付ける夜風の中、凄腕《すごうで》の自在師たる美女は、主塔の頂上から眼下に広がる夜景を眺めやった。車道の混乱と、未だ続く人波がはっきりと見える。

しかしそれとは逆に、御崎《みさき》市全体に、異変の発生と同時に薄い気配が満たされ、フレイムへイズとしての細かな状況の把握ができなくなってしまっていた。

事を仕組んだであろう当人（厄介《やっかい》なことに〝探耽求究《たんたんきゆうきゆう》〟ダンタリオンは、力自体は相当に大きな〝王〟なのだ）は元より、その下僕《げぼく》たる〝燐子《りんね》〟などによる特段の騒ぎも感じられない。こういう場合は逆に、細々としたなにかが隠されているようで気持ちが悪かった。

そしてもう一つ、危機的な要因があった。

御崎《みさき》市は数ヶ月前にも、同じく広範囲に自在法をかける〝愛染《あいぜん》の兄妹《きようだい》〟という〝徒《ともがら》〟の襲撃《しゆうげき》を受けていた。今の状況は一見、それと酷似《こくじ》しているかのようで、しかし決定的に違っている。

封絶《ふうぜつ》が、かかっていないのである。

〝愛染《あいぜん》の兄妹《きようだい》〟が市の全域にかけた自在法は大規模な封絶、この世の流れから切り離された因果孤立空間だった。あの中でなら、どんな戦いを繰り広げても、最後には切り離された外側との整合を取る形で、その内部を復元できた。

今度は、そうはいかない。

壊《こわ》れたら壊れたまま、死んだら死んだままになってしまう、封絶の外の戦いだった。もちろん、いざというときはこっちから張ればいいが、

（時と人、ともに狭い機を狙《ねら》い合う戦いの中で、そんな余裕《よゆう》があるかどうか——って）

なに考えてんのよ、とマージョリーは自分で突っ込みを入れる。

なにが壊れようと誰が死のうと構わない、ただ〝徒〟の討滅《とうめつ》だけを目指す……それが、それ

こそが、フレイムヘイズ屈指《くっし》の殺し屋、〝徒〟たちから恐怖の代名詞、死の同義語とも呼ばれた『弔詞《ちょうし》の詠《よ》み手』だというのに。しかし、

（感情、ね……我ながら、上手《うま》いこと言ったもんだわ）

今彼女は、この街も悪くない、と思っていた。

どころか、守りたい、とさえ思っていた。

例え、今夜去ろうとしていた街でも。

その中にあるはずの子分たちを、親分として心配する。

（あの二人、まだ着かないのかしら）

さっき起きた自在法による異変は、近似した因果を持つ、つまり似た立場にある人間同士の位置を入れ替えるだけのものだったから、特別心配することもないだろうが……

「ヒヒヒ、なにかやらかすんなら、結局は気配を出さずにゃいられねえんだ。そこを狙ってぶっちめりゃ、全部が全部イッカンの終わりじゃねえか」

マルコシアスの乱暴な意見に、マージョリーは思わず言い返した。

「バカマルコ、そうなったらもう遅い、ってこともあるでしょうが」

「あん？」

「あ」

言ってから、しまった、と思った。全く『弔詞《ちょうし》の詠《よ》み手』らしくない物言いだった。その失

言がもたらす結果に、これまでにない類《たぐい》の不安を僅《わず》かに感じた彼女を、しかし相棒は笑い飛ばした。

「ヒャーッヒャッヒャ！　こりゃ驚いた、まるでフレイムヘイズみてえな台詞《せりふ》だな、我が淑《しと》やかなる模範生、マージョリー・ドー！」

安堵《あんど》すべきか怒るべきか迷う彼女に、カムシンが言う。

「ああ、『弔詞《ちょうし》の詠《よ》み手』の意見は正論です。特に今回は〝探耽求究《たんたんきゅうきゅう》〟が絡《から》んでいますから、その企図をみすみす実行させるというのは危険すぎますね。とりあえず、彼がなにかしでかす前に、彼の狙《ねら》い、あるいは彼自身を見つけないと」

「ふむ、とはいえ相手が、先刻のような自在法を使うという状況下では、迂闊《うかつ》に仕掛けるのも考えものじゃしのう……〝天壌《てんじょう》の劫火《ごうか》〟は、どう思うね？」

ベヘモットは、シャナではなく、その胸のペンダントに意志を表す旧知の戦友に訊《き》いた。

フレイムヘイズの主体である契約者の方に訊かなかったのは、ずっと押し黙って話を聞いている少女が、傍目《はため》にも不機嫌と映ったからである。本人は冷静を装っているつもりらしいことを、年輪を重ねた〝紅世《ぐぜ》の王〟は察していた。

しかし、アラストールは素《そ》っ気《け》なく、その老雄の気遣いを断ち切った。

「我は契約者の進退に力を貸すのみだ、この子に訊くがいい」

「アラストール……」

シャナは、命を重ね合わせた魔神《まじん》からの、不甲斐《ふがい》ない契約者への厳しい叱咤《しった》を感じた。己を恥じ、強く気を張って、使命を負うフレイムヘイズとしての自分を取り戻す。

ベヘモットも、その彼女に訊きなおす。

「ふむ、では改めて『炎髪灼眼《えんぱつしゃくがん》の討《う》ち手』よ、今の状況でどう動けばいいか、なにか腹案があるかね？」

シャナは短く質問で返す。

「あの、人を入れ替える仕掛けのからくりは分かってるの？」

カムシンが、フードの奥で頷《うなず》いた。

「ああ、さて……おそらくはカデシュの血印《けついん》——つまり私たちが調律に使っている自在式を利用しているのでしょう。本来あれは、調和の方向へとこの世の流れを組み変えるためのものなのですが、どうも、その力の制御《せいぎょ》を完全に奪われてしまったようですね」

落ち着いた口ぶりで、肩をすくめて見せる。

「〝探耽求究《たんたんきゅうきゅう》〟ほどに巨大な気配を持つ〝王〟が、これら乗っ取りと制御、二つの難解複雑な作業を、しかも短時間の内に、存在を全く気取られぬまま行えるとは……俄《にわ》かには信じられません。いったいどのような手を使っているのやら」

その左手から、ベヘモットが付け加える。

「ふむ、彼奴《きゃつ》目が調律に絡んでおかしなマネをしている、との噂《うわさ》は外界宿《アウトロー》で聞いてはいたんじやがな。具体的になにをするかについては全く分かっておらなんだ。みすみすこのような結果を招いてしもうて残念じゃよ」

シャナは前後の事情に興味は持たない。現状での対策のみを考える。

「じゃあ、あなたたちの自在式を破壊すれば、変な企みも防げるし、本人も出てくるんじゃないの。調律なら、もう一度やり直せばいいんだし」

カムシンは再び頷《うなず》く。今度は、仕草《しぐさ》も重く。

「ああ、できればいいのですが」

マージョリーが怪訝《けげん》な顔をする。

「はあ？　その自在式はあんたたちが設置したんでしょ？」

彼女は〝愛染《あいぜん》の兄妹《きょうだい》〟との戦いでそうしたように、まず相手の駒《こま》をぶち壊《こわ》して回ろうと思っていたのだった。

「ああ、いえ、単純な推測です。あの〝探耽求究《たんたんきゅうきゅう》〟が、自らの仕掛けの鍵とした血印《けついん》に易々《やすやす》と手出しをさせるとも思えませんから」

「ふむ、現に、異変が起こってからはカデシュの血印と我らとの同調が解けておる。場所を思い出しながら街を巡って、それらを破壊しようとすれば、例の自在法による妨害が必ずあるじゃろうな」

調律師たる二人の消極意見に対し、シャナは早々に積極策を提示する。

「広がってる自在法の範囲から、その中心部……誰かが潜《ひそ》んでる可能性の高い場所を推測することくらいはできるんでしょう？　その付近を捜索《そうさく》して、入れ替えの自在法とかで妨害《ぼうがい》されるかどうか、実際に試せばいい。妨害のある場所が、つまりは近付かれるわけにはいかない、敵の心臓部なんだし。敵の出方や手法を探る上でも有効だわ」

「まー当面は、そんなとこか。隠れてる奴《やつ》を燻《いぶ》り出してブチ殺す、基本中の基本だ、ヒヒ」

マルコシアスの言い分は単純すぎるが、実際の方針としてはそれしかない。

マージョリーも頷《うなず》くと、神器〝グリモア〟を宙に浮かべ、その上に腰掛けた。彼女なりの出発準備である。

「たしかに、こんな場所でウダウダ話してるよりは、動く方が性《しょう》に合ってるわね。で、爺《じじ》い、広がってる自在法の中心部、見当はつけられんの？」

調律師たちは爺い呼ばわりも気にしない。平然と答える。

「ああ、感じていますよ。答えはごくごく単純です」

「ふむ、つまりは市街地の、人通りの多い駅前から大通り辺りじゃやな」

シャナは説明に頷くや、いきなり、

「じゃあ、行く」

と言い置いて、主塔から宙に身を躍《おど》らせた。僅《わず》か下方から、紅蓮《ぐれん》の光が夜空に一線を描き飛んでゆく。

マージョリーは、そんな少女の先行を止めるでもない。短く感想を漏《も》らすだけである。

「なに焦《あせ》ってんのかしら、あいつ」

彼女らフレイムヘイズは、特別必要と思われるとき以外は、バラバラに行動するのが常なのだった。ほとんどが復讐《ふくしゅう》者という事情から一匹狼《おおかみ》気質の者が多く、団体行動には向いていないのである。今ここに集《つど》ったのも、互いの情報を交換し、状況の分析と結果を自分の行動に反映させるためでしかなかった。

「あーの艶姿《あですがた》からして、デートの途中で抜けてきたんじゃねえか、ヒッヒ」

「ん？　そういや、あの坊やがいなかったわね」

相棒の鋭い洞察《どうさつ》に答えつつ、そんなフレイムヘイズの一典型であるマージョリーは、

（せっかく自在式の形を見抜く『玻璃壇《はりだん》』があること、自慢してやろうと思ったのに）

と思う。肝心《かんじん》の子分二人からの連絡がこないので、タイミングを逸《いっ》してしまった。あの入れ替えの自在法以外に大きな騒動の気配は感じられないというのに、彼らはまだ辿《たど》り着いていないらしい。

「ま、いっか。目指すのは同じ駅前だし、捜索《そうさく》するついでに『玻璃壇《はりだん》』に案内するってのも
……にしても、なにグズグズしてんのかしら」

心配よりもだんだん怒りの方が強くなってきた。

「ヒヤヒヤヒヤ、やっぱり気になるか、我が優しき親分、マージョリー・ドー」

「ふん、子分の不手際だもの、トーゼンでしょ」

マージョリーは眉根《まゆね》を寄せつつ、カムシンらに告げる。

「それじゃ、私たちも行くわ」

「急がねえと、灼眼《しやくがん》の嬢《じよう》ちゃんに獲物《えもの》とられっちまうんでなーッヒヒ！」

優雅に腰掛ける美女を乗せた〝グリモア〟も、群青《ぐんじよう》色の火を噴《ふ》いて市街地へと飛び去った。

残されたカムシンとベヘモットは、まだ行動を起こさずに考える。

「ああ、我々はどうしたものでしょうか」

「ふむ、〝探耽求究《たんたんきゆうきゆう》〟の出方を探るのはあの二人に任せるとして……まず、思い出せる限りのカデシュの血印《けついん》を探して、本当に妨害があるか、その動きで奴《やつ》が僅《わず》かでも尻尾《しつぽ》を出すか、試《ため》してみる……というのではどうかの」

「ああ、結構、それでいきましょう」

軽く同意すると、カムシンは無造作に主塔頂点から飛び降りていった。

二人は結局、自分たちが巻き込んだ少女のことになど、一片の気も払わなかった。

緒方真竹《おがたまたけ》の家は旧住宅地の外縁《がいえん》、大通りから幾つか筋を入ったあたりにある。

田中栄太《たなかえいた》は、中学時代の評判や実害のせいで、彼女の両親から大いに嫌われている。祭りの喧騒《けんそう》も遠ざかった寂しい夜道、家のある曲がり角まで送り、そこから緒方を帰そうとした。

「んじゃな。とにかく絶対、家から出るなよ」

が、

「待って」

当の緒方が、彼の袖《そで》を摑《つか》んで離さない。

未だお面を被《かぶ》ったままの彼女に、田中はさすがに呆《あき》れた。

「分かんない奴だな、急いでるって――」

「ねえ、誰なの、あの人？」

河川敷《かせんじき》での質問を、また。

田中は正直、わけが分からなかった。彼女はなぜマージョリーにそこまでこだわるのか？

「……オガちゃんには関係ないだろ」

まさか本当のことも言えないので、田中は適当にお茶を濁《にご》そうとするが、緒方はそれを許さない。より強く袖を引っ張って、田中を詰問する。

「誰なのよ、二人っきりで、楽しそうにさ！」

「だから関係ないって言ってるだろ！」

行かねばならないという焦《あせ》りと、普段の彼女にはないしつこさへの苛立《いらだ》ちから、また田中は怒鳴《どな》っていた。怒鳴ってから、彼女の言葉に妙な単語が混じっていたことに気付く。

（……ん？　二人っきり？　楽しそう？）

ドン、と。

考える彼は、物理的な衝撃《しょうげき》を受けた。

「……？」

僅《わず》か下に、目線を下げる。

自分の胸に、緒方《おがた》が飛び込んでいた。

これがどういう状況なのか、本気で分からなかった一瞬を置いて、田中は彼女の行為と言葉の意味に、これまでの彼女らしくない詰問の理由に、ようやく思い至った。

「オガ、ちゃん？」

緒方が、体を抱《だ》き締めてくる。

少女の柔らかさと匂《にお》いに、田中は体中が熱くなるのを感じた。まるで熱に浮かされたときのように頭の中が薄ぼやけて、わけが分からなくなる。

そんな彼の胸の中、緒方はようやくお面を外した。常は『格好いい』と評される整った容貌《ようぼう》に僅かな怒りが見え、しかしすぐ、少年の動揺しきった様子へのおかしみから、くすりと笑う。

「……っ」

その移り変わる表情の鮮やかさに、田中は思わず息を呑《の》む。

表情はやがて、決然としたものに落ち着いた。合わせる胸に大きく息を吸い込み、叫ぶ。

「私は田中栄太《えいた》が好きなの！　ずーっとそうだったの！　だから他《ほか》の女があんたと仲良くするのは嫌《いや》なの！　文句ある⁉」

「えっ‼」

ものすごい告白に、田中はぶん殴《なぐ》られたような衝撃を受け、硬直した。

緒方の方は、口に出してすっきりしたのか、僅かに余裕《よゆう》を取り戻し、しかし不思議そうな顔になる。

「もしかして、本当に……気付いてなかったの？」

田中はコクコクとぎごちなく頷《うなず》きつつ、答えを探した。

（…………………………………………………………………………どうしよう）

答えられるような言葉は、どこにも見つからなかった。

彼は、自分が他人の恋愛対象になることなど、冗談《じょうだん》以上のレベルで考えたことはなく……ゆえに当然、自分に抱きついている少女の強い気持ちに返せるだけのものを持っていなかった。

ただ驚き戸惑うしかない。

これは、彼女に勘違《かんちが》いされた、マージョリー・ドーに対するものとは、全く違う。それだけは分かったが、それ以外はなにも分からなかった。

彼は困り果て、持てる純良さから、困り果てているという気持ちをそのまま口にした。

「あの、え、その」

「うん」

「俺《おれ》もオガちゃんは嫌いじゃない、けど」

「……けど?」

引っかかる語尾に、緒方《おがた》は少年の大作りな顔を見上げる。

「なんと言うか、そういうのはよく分からん!!」

田中《たなか》はお返しのように大声で叫ぶと、その大きな両掌《りょうて》で、自分を捕まえる細い肩を摑《つか》んだ。

「あっ!?」

さっきの勢いもどこへやら、緒方は驚きと緊張、そして僅《わず》かな恐れで身をすくませた。

が、田中はもちろん、狼藉《ろうぜき》など働かない。抱《だ》きつく少女を、優しく引き離しただけだった。

熱っぽい頭を総動員して、なんとか今の自分の事情を説明しようとする。

「あの人は、そういうのじゃなくて。いや憧れてるけど、こういう感じじゃない、つまり知り合いで。強いから、弟子というか子分で。それに、その、肝心《かんじん》なのは二人っきりじゃなくて、佐藤《さとう》も一緒だったわけで」

「……」

緒方には、それなりに長い付き合いの少年が、嘘《うそ》をついていない、ということが分かった。分かったが、いまいち納得もできない。そんなことよりも、そう、こういう場合には、言い訳よりも答えが欲しいのである。

「それで……どうなの」

意味は通じた。

「さっきの、じゃ……だめ、か」

田中の答えは、少女の真摯《しんし》な視線を受けて尻《しり》すぼみに消えた。その両肩を摑んだまましばらく唸《うな》り、やがて陳腐《ちんぷ》な一言を、ようやく搾《しぼ》り出す。

「えーと、あ、ありがとう」

「？」

緒方はぽかんとなって、それから急に、おかしみと怒りを半分ずつ覚えた。

そのとき、摑まれていた両肩が、ポン、と叩《たた》かれて——気が付けば、告白した少年はスタコラと逃走を始めていた。

「なによそれー！　答えになってないじゃない！」

「不意打ちなんだから勘弁《かんべん》してくれ！」

いつもの言い合いのように見せかけて、しかし実はお互いに恐々と、怒鳴《どな》り声を交わす。

「家から出るなよ、絶対にだぞ！」

田中は念を押しつつ走り、その最後に、心からの誓いを叫んだ。

「また明日な!!」

佐藤啓作《さとうけいさく》はおっかなびっくり、夜の御崎《みさき》市駅へと、人波に逆らって歩いてゆく。

駅舎《えきしや》の前にあるバスターミナルは半分方《かた》、駅から張り出した不気味《ぶきみ》なパイプやコードに乗っ取られているが、人々はそんな状態を気にするでもなく、平然と行き交っている。ターミナルの待合客が、常の何倍もの長さと密度で列を作っているのが見えた。

佐藤は近付いて、その理由をようやく理解した。

駅の入り口にシャッターが下りていたのである。駅から締め出された人々が、代わりにバスを利用しようとしていたのだった。もちろん、先の入れ替えによって、道路は復旧の目処《めど》も立たない大渋滞《じゆうたい》になっている。次のバスがいつ来るのか見当もつかない。それでも人々は、駅に居座る異変にではなく、渋滞の方に不平を漏《も》らしていた。

(別に、〝徒《ともがら》〟が暴れているわけでもないみたいだな……マージョリーさんも、まだ来てないみたいだし)

いろんな意味で安堵《あんど》して、佐藤は駅舎の正面に立つ。

閉まっているところなど見たことのなかった非常用のシャッターは今、硬く一枚の壁として彼の行く手を阻《はば》んでいる。その表面には、念入りに鉄骨やコードが覆《おお》いかぶさって、しかも不気味な緑色の光を薄く明滅させていた。

(この中に……〝紅世《ぐぜ》の徒《ともがら》〟が、いるのか)

声を出せば誰かに聞かれる、そんな強迫観念から、口を一線につぐんで周りを見渡す。

夜に現れる弾《ひ》き語りや休憩《きゅうけい》するタクシーの運転手、お祭り客目当ての臨時屋台《やたい》までが日常そのままで、しかし不気味な駅舎だけが異物として存在していた。

（どこか、入る所はないかな）

直接的な殺傷や破壊などが行われた形跡もなく、またあまりに周りが平然としていることに知らず気を大きくしていた彼は、大胆《だいたん》なことを考え始めた。

こうやって勝手なことをしているのだ、なにか成果をあげないと、田中《たなか》やマージョリーの所に帰れない、と自分の行動を肯定するための理由付けを、いつの間にか心中に抱《いだ》いている。実際になにができるか、という打算は、相変わらず頭の中になかった。

「……ん？」

そうして目をギラギラさせてうろついていた彼は、一人の老人に目を留めた。

清掃員らしい、作業着を着たその老人は、道具を満載したカートを押して、ゆるいスロープを登っている。その行く先には、駅舎のメンテ用扉があった。その扉には、まだなにも取り付いた様子は見えない。

（これだ！）

「お爺《じい》さん！」

思うと同時に、佐藤は声をかけていた。さっきまでの強迫観念など、さっさと忘れてしまっている。それよりも彼は、自分の突破口を目指した。

「重いでしょう、手伝いますよ」

彼は言動こそ多少軽っぽいものの、愛想《あいそ》のいい少年である。人に声をかけることにも慣れていた。

清掃員の老人も、実際大変な思いでカートを押していることもあってか、その申し出をあっさりと受け入れる。

「そ、そうかね？　そりゃあ、どうもありがとう」

「いえいえ。それより、これ支えてますから、扉を開けてもらえますか？」

「ん？　ああ」

老人は佐藤《さとう》に重いカートを預けると、先にスロープを上がって、扉の鍵を開けた。錆《さび》の浮いた古くて重い扉を内側に押し広げてから、親切な少年に声をかける。

「助かるよ。いつもこの扉を開けるのが一苦労でね」

「そうでしょう。あ、いいですよ、中まで押します」

良心の呵責《かしやく》を労働で清算するように、佐藤はたしかに重いそのカートをスロープの頂点、駅《えき》舎《しや》の内にようやく押し込んだ。先に入った老人が、扉脇《わき》の壁にあるスイッチを押して照明をつける。

「な、なんだこりゃ!?」

現れた光景に老人が叫び、

「えっ……？」

釣《つ》られて顔を上げた佐藤は、絶句した。

外から見るより、遥《はる》かに内部の侵食は進んでいた。大きな空間だったらしい、駅舎の空調設備を管理するその室内は、時折緑色の光を漏《も》らして脈動するパイプやコード、鼓動《こどう》を不規則に繰り返す異様な物体などで一杯になっていたのである。まるで、機械でできた怪物の腹の中に迷い込んだようだった。

《んー、なんだ？》

「おわっ！」

「な？」

不意に、スピーカーが大音量による怪訝《けげん》そうな声を吐《は》き出して、老人と佐藤は耳を塞《ふさ》いだ。

《あっ、まーた侵入者かあ。これで五箇所目だよ、もう》

不気味《ぶきみ》な空間に響く、大きいが呑気《のんき》な声に、佐藤は怖気《おぞけ》を誘われた。

初めて聞く、その声。

（〝紅世《ぐぜ》の、徒《ともがら》〟だ――!!）

馬鹿《ばか》馬鹿しいことに、佐藤はこのとき優越感に浸っていた。田中《たなか》よりも先に、この異世界の人喰い（実際には、ドミノは〝徒〟の下僕《げぼく》たる〝燐子《りんね》〟なのだが、もちろんそんな知識は少年にはない）に出会った、ただそれだけの、一歩先んじたという事実に、例えようもない喜びを感じていた。

（これが、マージョリーさんの、敵――）

もちろん、体は恐怖に震えている。なにができるわけでもない。

《ほーら、出てけー。私は今、すんごい忙しいんだから――あっ!!》

途中まで呑気《のんき》だったその声が、急に引き締まった。

佐藤《さとう》と老人は、最後の叫びに耳を押さえたまま顔を顰《しか》める。

《来―たなー、フレイムヘイズ!!》

どこに向けて言っているのか分からない声が響き、すぐ彼らの元に、機械の部品でできた蛇《へび》のようなあぎとが飛び出した。

《そーら、とっとと出てけ！　食―べちゃうぞー！　ッガオー！》

「ひぃぃーっ！」

老人は悲鳴を上げて逃げ出した。

佐藤は一瞬、無意味に踏みとどまろうとして、しかしすぐ、本能的な死への恐怖に衝《つ》き動かされて、逃げ出した。

「っわあああああ!!」

眼前に迫る人外の化け物に、なす術《すべ》などあろうはずもなかった。

《ガーオーッ！　さあ来いフレイムヘイズ!!》
転がるように外に飛び出た少年の背後で、扉が乱暴に閉まった。
まさに、全《すべ》てから締め出すように。

ビルの谷間を、紅蓮《ぐれん》の双翼《そうよく》を煌《きらめ》かすシャナが、一線航跡を引いて飛ぶ。

道路やビルの窓からの目撃者があることにも構わない。どうせ平静の波が来れば、誰もが見たものを当然の光景と受け入れるのである。気にするだけ無駄《むだ》というものだった。

「どこを目指す」

その胸の上、風を受けて揺れるペンダント〝コキュートス〟から、アラストールが訊《き》く。

シャナは燃える灼眼《しゃくがん》をただ前に向けて答える。

「大通りをまず抜ける。それから幹線道路をしらみつぶしにするつもり」

「む、妥当だ」

「うん」

短く、余計なことを付け加えずに会話を終える。

まるで、この町に来る前のようだ、と。

二人は知らず、ともにそう思った。思うほどに、この町に来てからのシャナは、アラストールは、互いによく喋《しゃべ》るようになっていた。それが良いことなのか悪いことなのかは分からなかったが、今、二人はまた知らず、ともに思っていた。

それは、寂しいことだ、と。

「アラストール、駅！」

「むっ！」

飛ぶ二人はあまりに呆気《あっけ》なく、敵の本拠地を見つけた。

堂々とあっけらかんと、その異様な建造物は街のど真ん中に鎮座《ちんざ》していた。

「やっぱり〝王〟の気配は感じない」

「あの妙な構造物が隠蔽《いんぺい》しているのか？」

互いに言い合うが、答えは無論、どちらの中にもない。

二人は、また思っていた。

悠二《ゆうじ》なら、なにか分かっただろうか、と。

その思いを一瞬遅れて自覚し、シャナは舌打ちし、アラストールは押し黙った。

二人で一つのフレイムヘイズ『炎髪灼眼《えんぱつしゃくがん》の討《う》ち手』は今、最高に不機嫌な気持ちを、眼前の敵にぶつけようとしていた。

「焼き払ってやる」

埋《うず》み火《び》のような、怒りを底に隠す契約者の声に、彼女に異能の力を与える炎《ほのお》の魔神《まじん》は、同意の気配のみで答える。

紅蓮《ぐれん》の炎髪《えんぱつ》灼眼《しやくがん》、背の双翼《そうよく》が煌《きらめ》きを増し、火の粉《こ》が飛翔《ひしよう》の名残《なごり》として盛大に舞い咲く。コートのような黒衣《こくい》『夜笠《よがさ》』の中、鮮やかな緋《ひ》色の浴衣《ゆかた》が、同じ前進の風にはためく。

いつしか、その手には抜き身の大太刀《たち》が握られていた。余計な装飾の無い質実簡素な拵《こしら》えと、優美に反《そ》った細く厚い刀身。殺伐《さつばつ》の力を満たす彼女の愛刀『贄殿遮那《にえとののしやな》』である。

その、幻想的ですらある飛翔の姿に、人々は見惚《みと》れる。

大通りを埋める渋滞《じゆうたい》と祭りを目指す群衆、両脇《わき》のビルからの視線を受けて、しかし気を払わずに、シャナは宙を突進する。取り付かれ改造を受けた御崎《みさき》市駅を炎の一撃で焼き砕くべく、力の集中を始める。

封絶《ふうぜつ》の内での戦闘ではないため事後の修復はできないが、どうせもう改造を受けている。中の人間は喰われてしまったろう（実際は、ドミノが全《すべ》て追い出していたが）。損害を気にする意味も必要性もない。せめて周囲に被害を及ぼさないように、と力の径《けい》を絞《しぼ》る。

「――――」

吸うように吐《は》くように、炎を顕現《けんげん》させるための〝存在の力〟が両手に宿り、練り上げられてゆく。そうして、力の予兆《よちよう》を自らの意志で現実に引き込み、御崎市駅の中核を一撃で吹き飛ばすだけの力を得たと感じるや、シャナは宙で急制動をかけ、

「――っはあっ!!」

鋭い気合いと『贄殿遮那《にえとののしゃな》』が前方を指した。

瞬間、大太刀《たち》の刀身を巻いて紅蓮《ぐれん》の炎《ほのお》が膨《ふく》れ上がり、たちまち渦《うず》巻き、ついには圧倒的な熱量と体積を持った奔流《ほんりゅう》が迸《ほとばし》り出た。凄《すさ》まじい、しかし確かな狙《ねら》いと制御《せいぎょ》の下にある炎が、周囲の空気を押し拉《ひしゃ》げながら、御崎《みさき》市駅へと破壊の力を叩《たた》きつける。

寸前、

「なっ!?」

いきなりそれが曲がった。

駅舎《えきしゃ》に触れる数メートル前で、紅蓮の奔流が直角、天に向かって立ち昇った。まるで見えない壁、どころか誘導路でもあるかのように。鮮やかで見事な、しかし屈辱《くつじょく》の光景だった。

「——っく」

呆気《あっけ》に取られたシャナは炎の奔出《ほんしゅつ》を止めた。怒りと焦《あせ》りに、シャナは眉《まゆ》を吊《つ》り上げる。

「なら、直接突入して」

「待て、シャ」

二人が同時に言って、再び紅蓮の双翼《そうよく》による突進を開始したそのとき、
いきなり、

「っあ!?」

その眼前に、真上から見た人垣《ひとがき》という光景が一面に広がり、迫ってきた。

進路上に人々が現れたのではない、自分の飛翔《ひしよう》が炎と同じように、今度は真下に向けて曲げられた——そのことに気付いた彼女は、咄嗟《とつき》に紅蓮の双翼を操作したが、それでも飛翔の速度は容赦《ようしや》なく、人垣の中に彼女を放り込んだ。周囲にものすごい地響きと幾人かの転倒を振り撒《ま》いて路面に激突する。

「落ちたぞ⁉」「うわあっ！」「なんだ今の⁉」「キャー！」「ひいいっ」

石畳《だたみ》が砕け、土煙が濛々《もうもう》と上がり、喧騒《けんそう》が悲鳴に変わる。人を巻き込まず、群衆の間に入り込めたのは、ほとんど奇跡だった。

「く……しまった」

「どうした、迂闊《うかつ》だぞ」

アラストールに言われて、初めてシャナは自分が妙に気を逸《はや》らせていることを自覚した。見えなくなっていた、自分以外のものを努めて冷静に捉えようとする。

敵はどうやら、直接的な力の行使以外の自在法に長《た》けているらしい。先の入れ替えの自在法から、当然予測してしかるべきだった。

反省しつつ、シャナはクッションとして落下の先頭にした『贄殿遮那《にえとののしやな》』を、深々と刺さった地面から素早く引き抜き、土煙の晴れない内にと再び宙に舞い上がる。

と、また、

「あっ！」

今度はビルの壁面に、傍目《はため》からは真横に進路を捻《ね》じ曲げられた。

バシンッ、

と乾いた破砕音《はさいおん》と共に、シャナは強化ガラスに激突する。とっさに制動をかけたため、ビルの中に飛び込むことだけは避けられた。くもの巣のような白い亀裂《きれつ》を後に、今度は低速で、敵の自在法発動を警戒しながら上昇する。

そうしてようやく、ビルの谷間から上に出た彼女らの傍《かたわ》らを、〝グリモア〟に腰掛けたマージョリーが通り抜けた。練達《れんたつ》の自在師と狡猾《こうかつ》な戦闘狂は短く声を交わす。

「見た？」

「ああ、まともにかかるのは無理か」

「なら、これで――どう？」

マージョリーは宙で一旦《いったん》止まり、前に差し出した手の先で指を鳴らした。

その周囲で十に余る群《ぐん》青色《じょう》の炎弾《えんだん》が噴《ふ》き上がり、滞空すること一瞬で、駅舎《えきしゃ》へとバラバラに飛んでゆく。駅を包囲するように配置してから、一斉《いっせい》に炎《ほのお》の弾丸は襲い掛かる。

「ん」

「およ」

が、やはり、その全《すべ》てが途中で軌道を狂わされ、あらぬ方向へと曲がった。関係のないビルや、ターミナルでバスを待つ人々の頭上へと、炎弾はでたらめに撒《ま》き散らされる。

後ろで息を呑《の》むシャナの気配を嘲笑《あざわら》いつつ、マージョリーは再び指を鳴らす。

途端、炎弾は全《すべ》て火の粉《こ》となって弾《はじ》けた。

花火ではない炎の応酬と散華《さんげ》に、見上げる群衆が口々に指やら団扇《うちわ》やらで彼女らを指した。

「なーるほど、弱い場所も特になし、か。ただそこに在るものを偏向《へんこう》させるだけじゃなく、無理矢理に押し通すことで存在する自在法にまで干渉《かんしょう》して曲げられるわけね」

「ハハア、さっきの因果を操作した入れ替えは予行演習で、この攻撃を防ぐための攪乱《かくらん》が本命だな？　分かっちゃいたが、無駄《むだ》に手の込んだことする奴《やつ》だぜ」

分析する『弔詞《ちょうし》の詠《よ》み手』と〝蹂躙《じゅうりん》の爪牙《そうが》〟の傍らに、低速で飛んできたシャナが、ようやく現れた。

「まさか、発見よりも攻略に手こずるとは思わなかった」

「〝探耽求究《たんたんきゅうきゅう》〟め、相も変わらず、大きな力を奇妙に使う。さすがに一筋縄《なわ》ではいかぬな」

アラストールも改めて教授の力を評価した。

マージョリーは優等生を見る遊び人のような顔で鼻を鳴らして言う。

「今日は焦《あせ》ったり元気なかったり、忙しいわね」

ぐっ、と押し黙るシャナには目もやらず、マージョリーは自分を乗せる〝グリモア〟に手をやった。しばらく、その内にある自在式を見ぬまま探り、見当をつける。

「とりあえず……こんなもんかしら」

「あいあいよー。弾は」

「あれ」

彼女の指差した傍《かたわ》ら、ビルの屋上で、ガン、と避雷針《ひらいしん》が根元から折れた。その破断面が群青《ぐんじょう》色の火を噴《ふ》き、ロケットのように彼女らの元へ飛んでくる。その間に、彼女は強力な自在法を発動させる際に歌う『鏖殺《おうさつ》の即興詩』を紡《つむ》いでいる。

「**バンベリーの街角へ**」

「**馬に乗って見に行こう**」

相方のマルコシアスが答えて歌うと、折れた避雷針を囲むように自在式が浮かび、回り始めた。さらにマージョリーが歌い、

「**白馬に跨《また》る奥方を**」

「**指には指輪、脚に鈴**」

またマルコシアスが受けると、どんどん自在式は回転速度と密度を増し、避雷針を分厚く取り巻いていく。最後にマージョリーは駅舎《えきしや》を指して、一言結ぶ。

「**どこへ行くにも伴奏つき、よ！**」

途端、自在式に取り巻かれた避雷針は矢のように駅舎へと飛んだ。

が、シャナが灼眼《しやくがん》に驚きを表し見る先、

「あっ」

取り巻かれた自在式が、まるで毛糸球を解くように少しずつ剝《は》がれ落ちていく。

マージョリーとマルコシアスも見つめる先で、それはどんどん細くなり、やがて剝《む》き身の避《ひ》雷針《らいしん》に戻って、あらぬ方向へと弾《はじ》かれた。

その様子に、マージョリーは肩をすくめた。

「あーらら、あれだけ念入りに干渉《かんしょう》への防御《ぼうぎょ》を施したってのに、半分も行かない内に解除されたか」

「こーりゃ、ちょいと厄介《やっかい》だな、我が技巧の自在師、マージョリー・ドー?」

言葉の半分も真剣味のない口調でマルコシアスが返す。

彼女らほど自在法の技巧を持たない（というより特性として足元にも及ばない）シャナは、歯がゆそうな顔で駅舎《えきしゃ》を睨《にら》みつける。

「正面からまともに襲撃《しゅうげき》するだけじゃだめってこと?」

アラストールが深刻な声で答える。

「うむ……さすが世に名だたる〝探耽求究《たんたんきゅうきゅう》〟の自在式、色々と不審な点もあるが、正攻法で崩すのは難しいだろう。もう一度、『儀装《ぎそう》の駆《か》り手』と協議すべきやも知れぬ」

ふと、マルコシアスが気付いたように言った。

「ん?　そーいや、あの爺《じじ》いどもはどこに行ったんだ?」

「どーせチンタラそこら辺を——」

《姐《あね》さん！》

「わっ⁉」

「おっ」

突然、田中《たなか》の声がマージョリーとマルコシアスの意識内に割って入った。互いに声だけを伝え合う自在法である。ようやく『玻璃壇《はりだん》』のある秘密基地に到着したらしい。

マージョリーは、子分が無事、秘密基地にたどり着けたらしいことに安堵《あんど》して、しかし口調は強く怒鳴《どな》る。

「遅い！　なにグズグズしてたのよ」

ちなみにこの自在法は、実際に音声を出すわけではない。マージョリーとマルコシアスの声しか向こうに伝わらず、田中の声も二人にしか届かない。傍目《はため》には丁度《ちょうど》、電話をかけているような状態になる。

《すいません、ちょっと、いろいろあって》

「言い訳はいいわ、それより状況は？　自在式は見える？」

マージョリーが通信の自在法を使用しているらしいことを察して、シャナはおとなしく状況の整理を待つ。彼女は〝愛染《あいぜん》の兄妹《きょうだい》〟との戦いの後、悠二《ゆうじ》から、この『弔詞《ちょうし》の詠《よ》み手』が御崎《みさき》市に協力者を持っているらしいことを聞いていた。

ただし、悠二もシャナも、それが佐藤《さとう》と田中であるとは知らない。マージョリーとマルコシアスは四人ともを知っているが、それが知り合いだとは知らなかった。

自分のクラスメイトを偽装《ぎそう》してこの街で暮らす『平井《ひらい》ゆかり』が今、フレイムヘイズ『炎髪《えんぱつ》灼眼《しゃくがん》の討《う》ち手』としてマージョリーらの傍《かたわ》らにいることも知らず、田中《たなか》は言う。

《はい、それも、見えるんですが……》

「なに？　はっきり要点を言いなさい」

親友のための躊躇《ためら》いを数秒置いてから、田中はようやく答えた。

《実はあの、人が入れ替わる変な自在法があってから……佐藤《さとう》の奴《やつ》とは別れたままで、あいつまだ、来てないんです》

「なんですって!?」

「はあ？　危険らしい危険はなかっただろーに、なーにやってんだ、あの大将は？」

《ど、どうしましょう》

田中の声が不安に翳《かげ》った。彼にとって一番恐ろしいのはマージョリーという憧憬《どうけい》の対象に見捨てられることで、また優しい男である彼は同時に、佐藤がそうなることも恐れていた。

もちろんマージョリーは、そのことをよく分かっている。浴衣《ゆかた》に合うよう結《ゆ》われた頭を乱暴にガリガリとかいて、とりあえずその追及は置いた。

「どうするもこうするもないでしょ、ったく……こっちのついでに探しとくから、とにかく今はやることやりなさい」

《は、はい》

マージョリーは、自分の横にいる同業者に子分の不始末を見せたことを、なんとなく不愉快に思った。自分の見栄《みえ》からではなく、子分たちのプライドを守るため、返答を求める。

「で、自在式はどうなってるの。表現できる範囲でいいから説明して」

言いつつ、彼女はシャナに向けて人差し指を向けた。その指先から群青《ぐんじょう》色の炎《ほのお》の粒がポンと飛んで、差した額《ひたい》に当たる。すると、

《大通りを中心に――》

シャナの脳裏にも、その協力者とやらの声が届いた。マージョリーが、自分の口で説明し直す手間を省いたのである。

《道路沿い、でしょうか。以前の〝愛染《あいぜん》の兄妹《きょうだい》〟の『ピニオン』みたいに、街のあちこち、所構わず、って状態じゃなくて……ほとんど道路だけに張り巡らされてます》

「……？」

シャナは眉《まゆ》を顰《ひそ》めた。報告内容にではなく、その声自体を奇妙に思った。

（この声、どこかで――）

マージョリーはもちろん、そんな疑問には気付かず、質問する。

「形はどんな感じ？」

《前のグチャグチャな、こんがらがった感じじゃなくて……同じパターンの模様が道路に沿っ

て描かれてます》

「ふうん……〝愛染《あいぜん》〟みたいにトーチを補助と中継に使った仕掛けじゃなくて、自在式自体が張り巡らされてるタイプね」

「あん？　てこたぁよ、やっぱりトンチキ発明王が自分で直接、ドでけぇ自在法をかけなきゃなんねぇはずだがな。気配も表さずに、んーなことができるのか？」

「ふう、む……たしかにおかしいわね」

マージョリーとマルコシアスは、攻撃の方面に特化しているとはいえ、自在法の専門家である。この二人から見ても、街ぐるみの規模を持つ自在法を一気に、しかも自分の存在の気配を全く表さずに発動させることは不可能に思えた。

「おかしいってことは、やっぱり、なにか仕掛けがあるんだわ」

「ヒッヒヒ、そーれじゃあ一つ、でっけえ封絶《ふうぜつ》でも張って、人間以外を全部吹き飛ばしちまうか、我が強烈なる爆弾、マージョリー・ドー？」

「そーね。それで自在式が消えたら御《おん》の字、あとは条件を絞《しぼ》って順番に、ぶち壊《こわ》す対象を変えていけば、いつかは〝探耽求究《たんたんきゅうきゅう》〟の仕掛けに行き当たるでしょ」

シャナは戦闘狂たちによる、あまりに乱暴な会話に呆《あき》れたが、しかし今は他《ほか》に有効な手立てもなさそう――

「待って」

思いの途中で、彼女は制止の声を上げた。

《?》

田中《たなか》が、『玻璃壇《はりだん》』で怪訝《けげん》な顔付きになった。この凛《りん》とした響きを持つ少女の声に、聞き覚えがあるように思ったのである。

マージョリーはこれを反対意見だと思い、

「なによ、文句――!」

言いかけて、気付いた。

「馬鹿《ばか》な」

と言ったのはアラストール、

「どーいうこった?」

と続けたのはマルコシアス。

彼らは、ようやく感知したのである。

かなり大きな、やけに騒がしい、おまけに落ち着きのない、〝紅世《ぐぜ》の王〟の気配――〝探耽《たんたん》求究《きゆうきゆう》〟ダンタリオン、通称〝教授〟のものであろう、気配を。

しかし、隠蔽《いんぺい》する気を微塵《みじん》も感じさせない、あからさまで開けっぴろげなそれは、目の前の御崎《みさき》市駅から感じられたのではなかった。

遙《はる》か遠くに、それはあった。

彼は、最初から御崎《みさき》市にはいなかったのである。


「あーっ！　なんだあれは!?」

誰が最初に叫んだか、御崎市駅から遠く離れた白峰《しらみね》駅。

そのホームで今、三つ目の騒動が起きていた。

一つ目の騒動は、原因不明の事故で、御崎市方面への運行が全《すべ》て停止されたこと。二つ目の騒動は、ミサゴ祭りという年に一度の大イベントに向かおうとしていた客が、その通行止めについて駅員に嚙《か》み付いて大混雑になっていること。

三つ目は、その混雑する駅の中央、線路上で起こった。

「えっ？」

「はあ？」

「え、駅員さーん！」

極めつけで無茶苦茶《むちゃくちゃ》で理解不能なその光景に、ホーム上の乗客駅員を問わず全員が、一斉《いっせい》に目を剝《む》いて驚愕《きょうがく》した。

「え、映画のセット!?」

「うっそー？」

「で、電車か？」

騒ぐのも当然と言えた。

なにしろホームの間、御崎市方面への線路上に、奇怪な形の車両が出現したのだから。

白峰駅は、御崎市駅のように大きな都会型の高架《こうか》駅ではなく、地面の上に建つ、平均的な郊外型の地平駅である。

奇怪な、一両だけの車両は、その地面の中から舞台装置のように——もっと砕《くだ》いて言うと、特撮番組における秘密基地からの発進のように——地面を開き、せり上がってきたのである。

城門を突き砕く破城槌《はじょうつい》のように鋭角的で頑丈《がんじょう》そうな先頭構体と、剝《む》き身のエンジンのように複雑な機構を見せる車体は、まるでレールに置かれた作りかけのミサイルかロケットだった。

その各所からは、どこに使っているのか分からない蒸気が噴《ふ》き出し、また馬鹿《ばか》のように白けた緑色の光が漏《も》れ出ていた。

ざわざわと騒ぎつつも、その出現を見つめる乗客たちをいきなり叩《たた》くように、

《エエークセレント！　やーはり発進は地いー下からが基本ですねぇー？》

その車体から、無駄《むだ》にハイテンションな声が大音響で轟《とどろ》いた。

《そおーれでは、いいーよいよ実験もクライマーックス!!　『我学《ががく》の結晶エクセレント29182—夜会《やがい》の櫃《ひつ》』……発——ッ、——ッ、——進!!》

ポチッ、と妙に緊張感のない音がして半秒、車体上部に何個も連なる汽笛が一斉に身を震わ

せて吼《ほ》えた。ゴシュー、と車体下部の台車から蒸気が猛然《もうぜん》と湧《わ》き立ち、金属同士の擦《こす》れる音が定期的に緩《ゆる》く重く、徐々に加速し滑《なめ》らかに、稼動音を奏でる。

《いーざ征《ゆ》かん！　心ときめく実ーっ験場へ!!》

ギャオー、とまた汽笛が一斉《いっせい》に吼える。

その音と蒸気を置いて、奇怪な車両は線路の彼方《かなた》、夜の果てへと突き進んでいく。

あまりに意味不明な一連の状況、その走り去る様を、ホーム上に押し詰まった乗客や駅員たちは、ただ呆然《ぼうぜん》と見送っていた。


巨大で騒がしい気配を辛《かろ》うじて感じられるほど遠くから、今や全く隠さずに、ものすごい勢いで〝探耽求究《たんたんきゅうきゅう》〟ダンタリオンが御崎《みさき》市へと向かって来る。

到着にはまだ当分かかる距離のようだったが、それでも彼の接近という事実は、とてつもなく不穏な予感をフレイムヘイズたちに抱《いだ》かせた。

「なるほど、気配を感じないわけだわ。まさか当人がいなかったなんて、ね」

「だーとすると、あそこに籠《こ》もってんのは〝燐子《りんね》〟の『お助けドミノ』か。でっけえ自在法を発動させるミョーな仕掛けを入れ知恵されて、先行してやがったな？」

マージョリーとマルコシアスは言い交わす。

シャナも紅蓮《ぐれん》の灼眼《しゃくがん》を近付いてくる気配の方へと向ける。

「あの駅を中心にした自在式は、駅自体じゃなくて、遠くからやってくる〝探耽求究《たんたんきゅうきゅう》〟を守るためのものだったのかな」

「あれだけの大仕掛けだ、駅自体が何らかの企みの中枢《ちゅうすう》という可能性も高いが……そもそも、なぜ奴《やつ》がここを目指しているのか、その狙《ねら》いも未だ不明だ。調律に絡《から》んでいることからして、いずれろくなものではあるまいが」

アラストールが苦く答えた。

シャナはそれに、

「あの、自在法や飛行の進路を曲げた力は、〝探耽求究《たんたんきゅうきゅう》〟を迎撃《げいげき》するために街の外に出ようとしても発生するのかな？　だとすると、私たちは檻《おり》の中に入ったようなものだけど」

マージョリーも、

「この街全体に張り巡らされた自在法を解除しないと限り、あのなにかやってる駅にも、ここ目指してやって来る〝探耽求究《たんたんきゅうきゅう》〟にも手出しが全然できないってわけね」

マルコシアスがさらに、

「つっても、さっき言った、封絶《ふうぜつ》の中で破壊する対象を少しずつ探ってく、みてえな悠長《ゆうちょう》な真似《まね》してる暇はねえぞ。いっそ、でっけえ封絶張って、中を一気に吹き飛ばしちまうか」

そして、最後にカムシンが答えた。

「ああ、それは無理です」

「ふむ、どうも、この街中に張り巡らされた自在法には、封絶《ふうぜつ》への妨害まで織り込んであるようでな……たった今、見事に失敗したわい」

調律師たるフレイムヘイズが、道路の敷石《しきいし》に乗って傍《かたわ》らに浮き上がっていた。

彼一人を乗せる広さの敷石、その表面には、浮遊を生む自在式らしきものが描かれている。

その裏には、地面の土まで幾分かもぎ取っていた。

カムシンはフードの奥から溜《た》め息をついた。

「ああ、どうも、あの駅丸ごとの自在式への改造といい、全《すべ》て周到に準備されていたものらしいですね。フレイムヘイズが三人もいて、まんまと出し抜かれたわけです」

「ふむ、まあフレイムヘイズは根本的に受け身に回る宿命にある。しようがなかろう」

自己弁護とも聞こえる最古のフレイムヘイズの言に、シャナは苛立《いらだ》ちをぶつけた。

「それじゃあ、このままいいようにされてるって言うの？」

「ああ、そうは言ってませんよ。ただ、現状は不利だと認識しておかなければならない、というだけのことです」

「そんな呑気《のんき》なことを言ってられる状況!?」

マージョリーはそんな、らしくない少女の様子に、眉《まゆ》を顰《ひそ》めた。

「あんた、今日はちょっとおかしいわよ？」

「まーるでどっかの酒杯《ゴブレット》みてえなヒステブッ!?」

マルコシアスを叩《たた》いて黙らせ、ふと気が付いたことを訊《き》いてみる。

「そういえば、今日はあの坊やと一緒じゃないのね?」

「そうよ」

シャナの素《そ》っ気《け》ない声に、マルコシアスはピンときた。

「ははーあ、さては"ミステス"の兄ちゃんとケンカしたな? ヒヒヒ」

「そんなことない!!」

否定が、肯定する。

一瞬の沈黙を経て、マージョリーはまたガリガリと、困った風に頭をかいた。

「……あー、そ、う、い、う、ことだと言いにくいけどさ……私、あの"ミステス"の坊やに協力してもらおうと思ってたのよねー」

「えっ?」

意外な提案に、シャナは驚く。

「あの坊や、"愛染他《あいぜんた》"ご自慢の『ピニオン』の隠蔽《いんぺい》をあっさり見抜いたじゃない? 私たちが手詰まりでも、坊やになら見えるものがあるかも、って思ったわけ。私の子分がいる『玻璃壇《はりだん》』の映像と、坊やの感覚を合わせれば、なにか打開策を立てられるかもしれないでしょ?」

「はっはあ、そりゃいい考えだ。なーんでしっかり兄ちゃん捕まえとかねえんだよ、ヒヒッ」

「うるさいうるさいうるさい！　なんで、なんであんたたちに、そんなこと言われなきゃ、なんないのよ……」

マルコシアスのからかいに反射的に出した激昂《げっこう》の声は、すぐ継《つ》ぐべき言葉を失って、尻《しり》すぼみに消えた。

カムシンは、そんな少女に気を遣《つか》うでもなく、フレイムヘイズとして事務的に確認する。

「ああ、その〝ミステス〟は、なにを蔵しているのですか？」

アラストールが、簡潔に答える。

「『零時迷子《れいじまいご》』だ」

「！　……ほほう」

「ふむ、それは、また大したものじゃや」

驚く調律師たちに、シャナは心中で複雑な反論をする。

（そんなところじゃない、悠二《ゆうじ》がすごいのは、もっと――）

と、彼女の代わりのように、マージョリーが言う。

「それが、結構やるのよ。戦力としちゃ論外だけど、頭は切れるわ」

「あの〝千変《せんぺん》〟相手にも、ハッタリで勝負かけるようなムチャな兄ちゃんでなあ、今度もなんかやってくれんじゃねえか？」

この二人が率直に他人を評価するのを意外に思いつつ、調律師たちは同意する。

「ああ、〝千変《せんぺん》〟相手に……なるほど、よほどの人物なのですね」

「ふむ、儂《わし》らも手詰まりには違いない、探して話を聞いてみるとしようかの」

シャナは、他人が悠二を誉《ほ》めていることを、胸の底で誇らしく、また嬉《うれ》しく思った。

「……」

しかし同時に、そうやって彼のことが他人の口から語られることを悔しく、それを自分が言えないことを苦しく思っていた。

そんな彼女の悩みも知らず、マージョリーはさっさと話を進める。

「とりあえず、今からあの坊やを探して『玻璃壇《はりだん》』に連れて行こうと思うんだけど、どこにいんのよ？」

（私たちと戦ったくせに、一回だけ共闘したからって、悠二のこと全部分かったみたいに）

そんな、全く不条理な怒りから、シャナは答えるのを躊躇《ためら》った。

その間に、アラストールが。

「河川敷《かせんじき》にいるはずだ」

「……」

シャナは、絶対に正しい、と断言できる彼にまで、僅《わず》かに不満のようなものを覚えた。覚えて、そんな自分に自己嫌悪を抱《いだ》いた。

「それで、坊やの今日の格好は？」

表情を翳《かげ》らせる彼女の前に、マージョリーは掌《てのひら》を前に差し出した。そこから、群青《ぐんじょう》の炎《ほのお》が噴《ふ》きあがる。すぐ、炎の中に坂井《さかい》悠二《ゆうじ》の像が映った。以前の、〝愛染《あいぜん》の兄妹《きょうだい》〟襲撃《しゅうげき》時のものらしい、学生服姿だった。

「えっ」

訊《き》かれてシャナは戸惑い、思い出そうとする。しかし、彼の怒った顔、驚いた顔しか浮かんでこない。焦《あせ》って思い出そうとすればするほど、彼との言い争いが心を占めてしまう。

また、代わりにアラストールが答えた。

「黄色いシャツに、ジーンズなる種のズボンだ」

「あっそ。こんな感じかな」

マージョリーは軽く答えて像を調整、ほぼ今日の格好に変える。

その姿を見て、またシャナは元気をなくしてしまう。さっきから、自分の感情の無茶苦茶《むちゃくちゃ》な振幅に戸惑っていた。悠二のことを思うと、冷静でいられなくなる。自己を律《りつ》するのを美徳と捉える以上に、精神の一支柱としている少女は、それがとても嫌《いや》だった。

（これも、『どうしようもない気持ち』なの……？）

全く馬鹿《ばか》なことに、彼女は自分にこの言葉を教えてくれた極悪非道《ごくあくひどう》の〝徒《ともがら》〟に、心中で問いかけていた。もちろん答えは返ってこない。どころか、その少女の姿をした〝徒〟に、意地の悪い嘲笑《ちょうしょう》まで向けられたようにさえ思った。

カムシンが、マージョリーの映し出した像を見て、言う。

「ああ、若いですね。気の毒に」

「ふむ、ではその像をいただこうかの」

ベヘモットが言うと、カムシンは彼の飾り紐《ひも》型の神器〝サービア〟を巻いた左掌《て》を差し出した。群青色の炎がその掌に誘われ、途中で彼の褐色《かっしょく》の炎へと変わり、吸い込まれてゆく。

伝達の作業を終えると、マージョリーはついでに〝グリモア〟の付箋《ふせん》を引っ張り出してカムシンに放った。

「通信用、渡しとくわ」

「ああ、これはありがたい」

そのお礼を聞き流しつつ、彼女は聞き役になっていた『玻璃壇《はりだん》』の田中《たなか》に声を送った。

「聞いてたわね？　もうすぐお客連れてくから。ケーサクが着いたら、また連絡しなさい。切るわよ」

《は、はい》

田中は、もう一人のフレイムヘイズの声に聞き覚えがあるのを不審に思い、

（ケーサク？）

シャナも、どこかで聞いた覚えのある名前に、僅《わず》かに首をかしげた。

御崎《みさき》市を東西に割って流れる大河・真南《まな》川の東岸、市街地の外れに、旧地主階級の人々が集住する区域がある。市街地の発展とともに大きくなった真南川西岸の住宅地に対して、ここは旧住宅地と呼ばれていた。

その成立の性格から、ここには旧家や名家の大邸宅《ていたく》が多く、大通りから少し入っただけで、見えるのは塀《へい》と門ばかりという一種の別世界になる。

その中でも指折りの敷地を持つ家の勝手口から、妙な物が出てきた。

車の整備に使う、頑丈《がんじょう》な荷車である。

それを必死に押しているのは、浴衣《ゆかた》の華奢《きゃしゃ》な少年だった。

マージョリーや田中《たなか》がその安否を心配している、佐藤啓作《さとうけいさく》である。

「くそっ、こ、の～～!!」

歯を食いしばり頰《ほお》に汗を滴《したた》らせて押すこと数十秒、佐藤はようやく、荷車に勝手口レール部の出っ張りを越えさせた。

「っと、は!?」

が、やたら大きな自重《じじゅう》とレールを越えた勢いから、荷車は広い道幅を半ばまで暴走した。それも、すぐに止まる。積んでいる物があまりに重すぎるのだった。

荷車の上にあるのは、一本の大剣。

重々しく鈍い荷車の動きに全く見合わない、たった一本の大剣だった。

「──っは、っは、くそ」

汗みずくになって、佐藤は荷車に腰掛ける。

そこに載《の》っている大剣、〝紅世《ぐぜ》〟の宝具《ほうぐ》『吸血鬼《ブルートザオガー》』を見て、怒りと喜びを等分に混ぜたような表情を作る。

(使う、か……?)

ほんの数分前に得た快感を思い出し、その誘惑に駆《か》られる……が、慌《あわ》てて首を乱暴に振って、貴重(なのだろう、と勝手に思う)な力の無駄《むだ》使いを戒《いまし》める。

(そうそう何度も使うわけにはいかない……いざというときのために取っておかないと)

思い直し、彼は改めて荷車を押し始めた。その勢いをつけるように、声を絞《しぼ》り出す。

「見てろよ～、〝徒《ともがら》〟め～、く、いよ～!!」

その声には、紛《まぎ》れもない笑いが籠《こ》もっていた。

無謀《むぼう》な勇気とその実行に湧《わ》き立つ気持ちを表す、強烈な笑いだった。

人の身では決して振れない剣を荷車に載せて、佐藤啓作は再び目指す。

〝紅世《ぐぜ》の徒《ともがら》〟に乗っ取られた御崎《みさき》市駅を。

彼が恃《たの》むのは、荷車の取っ手を押す手に握りこんだ、一枚の付箋《ふせん》のみである。

「落ち着いた、吉田《よしだ》さん？」

坂井《さかい》千草《ちぐさ》は言って、石段に座る吉田一美《かずみ》にジュースの入った紙コップを渡した。

「は、はい……ありがとう、ございます」

吉田はようやく震えの止まった、しかし強張《こわば》りの取れない手で、これを受け取った。

「どういたしまして。私も、連れの子がいきなり『急用だから』っていなくなっちゃって……探してたつもりで、こっちが迷子《まいご》になったみたい。これだけ人が多いと、案外いつもの感覚では歩けないものなのね」

「……そう、ですか」

　さっきの、人を互いに入れ替える異変に遭《あ》っても、あの不気味《ぶきみ》な平静の波に襲われた者は、今千草が思い込んでいるように、自分で勝手に理屈をつけて納得してしまう。

　そのことが吉田には当たり前のように分かった。カムシンの調律に協力したからこそ、そう感じることができる、と自覚もしていた。現に、千草を始め周りにいる普通の人々は、さっきから何度も、花火のおかしさに驚き、また平静に戻るという行為を繰り返していた。

　しかし、吉田はそんなことよりも、もっと大きく強く、心を占めるものに喘《あえ》いでいた。胸の皮一枚下まで鉄塊《てっかい》を詰められたような、歩くことさえままならない重さを感じる。ほんの少し前、足がもつれるほどに走っていたことが嘘のようだった。

「でも、迷子にもなってみるものね。こうやって、困ってる女の子を助けることができたんだから」

にっこり笑って、千草もその傍《かたわ》らに座る。

そのことに緊張して、吉田は蚊《か》の鳴くような声で、また言う。

「ありがとう、ございます」

「それ、もう何度目かしら」

吉田のぎこちないお礼を、千草はそうやって流した。

「……すいません」

「それも、もうおなかいっぱい」

「……はい」

千草は可愛《かわい》らしく縮こまる少女の様《さま》に、しかし暗いなにかを見て取った。親としての責任から、これだけはしっかりと訊《き》いておく。

「悠《ゆう》ちゃんと、一緒だったんでしょう？」

吉田は、遂にきた質問に、ビクリと身を震わせた。

千草はその様子を、当然のように不審に思った。

「悠ちゃんと、なにかあったの？」

「いえ」

これ以上は言えず、吉田《よしだ》は硬く口を閉ざした。

「……」

頑《かたく》なさを絵に書いたような吉田の態度は、しかしかえって千草《ちぐさ》に不審以上の懸念《けねん》を与えることになった。念を押す口調で訊《き》かれる。

「本当に？」

「はい」

その返答自体はハッキリしていたが、言い切る、という風には聞こえない。最小限の言葉しか出したくない、そんな気持ちが表れすぎていた。

懸念《けねん》をより深刻に、千草はさらに追及する。親の責任上の問題として。

「悠《ゆう》ちゃんに、なにかされた？」

吉田は最初、それがどういう意味を持っているのか分からず、

「えっ――？」

やがて途方もない勘違《かん》いをされていると気付き、慌《あわ》てた。

「い、いえ、坂井《さかい》くんは、そういうのじゃなくて――本当です！」

千草はその言葉の真剣味に、嘘《うそ》ではなさそうだ、と勘を利かせた……が、女のために、男をよく知る者として、念を入れる。

「ちょっと、ごめんなさい」

「えっ、あ――」

驚く吉田の襟元《えりもと》と帯《おび》、裾《すそ》などに着崩れが見られないか、千草は軽く触れるように点検した。着付けに慣れた彼女から見ても、どうやら走っていた以上のそれは見当たらない。とりあえず母親として、また少女を気遣《づか》う女性として安堵《あんど》する。

「ふう、よかった」

「あの、坂井くんは、そんな人じゃ」

その母に向かって言うことではない、と思いつつも吉田は抗議したが、千草は有無を言わせないように首を振る。

「そういう人でなくても、危ないものは危ないの。勢いづいたら止まれないのが若いってことで、悠ちゃんは若い、そういうこと。普段がああだからって、油断しちゃダメ。女の子は自分で自分を守らなきゃいけないときが、男の子よりも多いんだから、気をつけて」

「は、はい」

吉田は重みのある言葉に、そういう場合ではないと思いつつも頷《うなず》く。頷いて、その心の別の場所で、

（もし、本当にそうだったら）

と、望んでもいた。

千草の心配したような行為、それ自体を望んだのではない。

そういう行為に心を明暗向けられる場所に自分がいられたら——坂井千草《さかいちぐさ》と出会い、話のできる機会が、なにもこんなときでなくてもいいのに——そう、強く思ったのだった。

（なにも言えない、なにを言えばいいの？）

あなたの息子《むすこ》がすでに死んでいたことにショックを受けたんです、などとは口が裂けても言えない。もちろん、信じてなどもらえないだろうし、なにより自分自身がまだ、それを受け入れることができていなかった。

「じゃあ、なにか言われた、とか？」

「……」

吉田《よしだ》は、やはり答えることができなかった。

坂井悠二《ゆうじ》がトーチであると知ってしまった、ということも全《すべ》て含めて、あの場では自分が勝手に衝撃《しょうげき》を受けて逃げた、だけである。彼がなにをした、というわけではなかった。

千草も強いて答えを求めず、思い悩む少女に時間を与える。

どれくらい経《た》ったのか、祭りの風景を眺める吉田は、その中に小さな少女を見つけた。髪が長くて、小柄《こがら》な……すぐその少女は振り向いて別人だと分かったが、一瞬ドキリとした。

（どうして、こんなときに）

ようやく考える余裕《よゆう》を、僅《わず》かにでも得た彼女は、一つの姿に行き当たっていた。

（ゆかりちゃんの、ことを……？）

クラスメイトで、毅然《きぜん》として、強くて、頭が良くて、可愛《かわい》くて……見る度に劣等感を刺激される、あまりに格好いい少女。

（なんだろう）

悠二のことを考えていたはずなのに、なにか、彼女のことが引っかかった。

あの少女……小さくても貫禄《かんろく》のある、見た目以上どころか、その幼い見た目にも、なにか大きな存在感を表しているような――

（!! 知ってる、私、あの姿、あの感じを）

そう、
同じように幼く見え、恐るべき力を内に秘めていた少年、
自分を平穏な日常の中から引きずり出した少年、
フレイムヘイズ・カムシン。

彼と平井《ひらい》ゆかりは、同じだった。

（ゆかり、ちゃん……？）

なにかが、心の奥で次々と繫《つな》がっていく。

あまり仲良くなる機会もなかったはずなのに、ある時期から突然、一緒にいるのが当然であるかのような雰囲気になった――いつもケンカをしているようで実は仲がよいという、不思議な絆《きずな》のようなものを感じさせられたりした――学校だけでなく、一緒に朝早くのランニングを

するほど近くで暮らすようになっていた――自分が彼に告白すると聞いて逆上した――

平井《ひらい》ゆかりという少女。

彼女は、自分の友達である。幼稚園はずっと一緒で、年長組お遊戯《ゆうぎ》発表会では隣で踊った。小中学校は別だったが、御崎《みさき》高校に入学してからまた同じクラスになり、なにくれとなくお喋《しゃべ》りを――した？――――した、だろうか？

した、はずなのに、なぜこんなに、思い出を『おかしい』と思うのだろう。

（……まるで、あのトーチのいる世界を、見たときのよう……）

その光景を見せたカムシンの言葉が、次々と脳裏を流れてゆく。

この街が、かつて人喰いに襲われたこと。その人喰いは、すでに退治されたこと。そして、その人喰いを退治したらしい同志の人が、まだこの街にいるらしいこと。

同志、つまりカムシンと同じフレイムヘイズ。

（……）

、、、、、、、、、
カムシンと同じフレイムヘイズ。

（……私、今、なにを考えて……？）

直感では、すでに答えは出ていた。

（……ゆかり、ちゃんが……？）

しかし、だとしても、分からない。

フレイムヘイズとトーチ?

(ゆかりちゃん、と——)

カムシンとベヘモットは、トーチのことを『死んだ人間の燃え滓《かす》であり、人知れず消え去るだけの存在、誤魔化《ごまか》すための代替物《だいたいぶつ》』と言った。

そんな、ただの『物』を好きになれるものだろうか。

自分と向かい合った少女の姿を思い出す。

あの心と心のぶつかり合い。

互いに負けまいと思った、正面からの対峙《たいじ》。

あそこに、決して、嘘《うそ》はない。

それだけは、断言できる。

(なにか、あるんだ)

吉田一美《かずみ》は、悲しみの中に、なにかを見出した気がした。

(そうだと知っていても好きになれる……そんな坂井君なんだ)

他《ほか》でもない、互いを敵だと認め合った、その相手の強い気持ちが、彼女に絶望ギリギリの場所で踏みとどまる力を与えていた。

(ゆかりちゃんが好きになれて、私になれないわけがない)

相手の想いの強さによって、自分の気持ちも強く沸《わ》き立った。

ただ、それは許されることなのか、それだけが気にかかった。

理屈ではなく、好きでいていいのか、その確信が欲しかった。

「あ……」

「なに？」

ここで訊《き》くのはどうだろう、と少し思った。当の少年の母でもある。

しかし、吉田《よしだ》は訊きたかった。この、フレイムヘイズとは違う意味での『この世の本当のこと』を知っているだろう女性に。彼女の答えを得て、酷《ひど》い目に遭《あ》うだけかもしれない場所に、
それでもまた、進みたかった。

そう、まだ、想っていた。

だから、辛《つら》かったのだ。

（――私は、坂井《さかい》悠二《ゆうじ》君が、好き――）

いきなり消してしまえるほど、弱い気持ちではなかった。

今でも、強く強く、想っていた。

「……」

ほんの少し前に、踏み出して、絶望に陥り、逃げ出した。

その自分が、懲《こ》りずに、か細く頼りない希望を持って、また。

カムシンの言葉が……絶望に打ちひしがれてなお、厳しく聳《そび》える少年の言葉が蘇《よみがえ》る。

（――「それでも、良かれと思えることを、また選ぶのだ」――）

吉田一美《かずみ》は、相手に甘《あま》え、期待し、すがるのではなく、
答えを受け止める覚悟《かくご》を持って、初めて、前に踏み出した。

自分にとって『良かれ』と思える道を、選んだ。

「……決して」

「？」

一旦《いったん》息を呑《の》んで、母である千草《ちぐさ》に言葉の真意を悟《さと》られないよう、言葉を慎重《しんちよう》に、抽象的なものを選んで、吉田は続ける。

「決して変えられない、絶対にどうしようもない、なのに、好きなんです」

疑問の形にさえなっていない、それはギリギリまで削《けず》った、まるで宣誓《せんせい》のような、彼女の本当の気持ちだった。

千草はそれを聞き、そんな気持ちを口にしてくれた少女への敬意から、自分の中にある、できるだけの答えを、同じように余計な何物も付けないように、削ってゆく。

少女の問いの意味するところは、だいたい分かった。

少女と競い合っているもう一人の少女のことも知っている。

それでも、この真摯《しんし》で切実な問いに、答えないわけにはいかなかった。

千草は、答えを双方《そうほう》に与えよう、と思った。

与えた答えは、それだけでは力にならない。力は、自分で出さねばならない。二人の勝負が想いの丈《たけ》を相手に告げることから始まる全《すべ》ての実行……自分で出すかによってのみ決まると、彼女は知っていた。

シャナにはすでに、そのことを教えた。

だから今、吉田《よしだ》一美《かずみ》にも教える。

やがて答えを整理し終えた千草《ちぐさ》は、吉田の目を見つめ、答える。

「今、好きかどうか。それだけなのよ。他《ほか》には本当に、なにもないんだから」

「……」

質問の形をしていない質問に返ってきた、答えの形をしていない答え。

それを、吉田は受け止めた。

「……はい」

受け止めて、もう一度、今度は強く、感謝とこれからへの想いを込めて答えた。

「はい」

3 鼓動

「ねえ、爺《じじ》いたち、行っちゃったわよ」

「……」

マージョリーが言っても、シャナは宙に浮いたまま、微動だにしない。

「嬢《じょう》ちゃんよ、話が見えねえんだがなー」

「……」

マルコシアスの問いにも、シャナは反応しない。

先に河川敷《かせんじき》に向かったカムシンらとの会話が、彼女を凍《こお》りつかせていた。

田中《たなか》との通信を切ってすぐ、彼は訊《き》いたのだった。

「ああ、そういえば、その〝ミステス〟の少年、名はなんと言うのです?」

マージョリーは唇《くちびる》に指を当てて、シャナの方を見た。

仕方なく、という風も露《あらわ》に、シャナは重い口を開いた。

「坂井悠二《さかいゆうじ》」

「！」

カムシンは、それを聞いた途端、僅《わず》かに顎《あご》を上向きにした。感情を表に出さない彼の、驚愕《きょうがく》の姿だった。

「ああ、サカイ……坂井君？」

「ふうむ……なんと」

この二人が言葉を失う、そのことに、言ったシャナの方が驚いた。

ふと、嫌《いや》な予感が胸を過《よ》ぎった。

「なに」

短い問いに、老フレイムヘイズは首を振り、溜《た》め息に混ぜて声を返した。

「ああ、いえ……どうやら、我々の協力者の知り合いのようでしてね」

「ふむ、そうか。出会った当初に匂《にお》っていた気配は、『炎髪灼眼《えんぱつしゃくがん》の討《う》ち手』の……」

「ああ、見ていいなければ、いいのですが」

カムシンとベヘモットが話していることを、その不穏な会話の意味を、シャナは問《と》い質《ただ》さずにはいられなかった。

「知り合いって、なんのこと」

彼らをよく知るアラストールが、契約者の得た不安から、気付いた。

「協力者……調律のイメージ採取に使う、この街で生まれ育った人間のことか」

（この街で、生まれ育った……？）

シャナは、思う途中で、不意に思い出した。

「——!!」

悠二《ゆうじ》の言葉を。

（——「吉田《よしだ》さんに、知られたんだ」——）

歪《ゆが》みの下、祭りの中で、悠二が自分と一緒に行くことを押しのけて口にした言葉が、ゆっくりと零《こぼ》れ出る。

「……吉田、一美《かずみ》」

その正答に、カムシンは納得の色を見せた。

「ああ、やはり知り合いでしたか」

シャナは、調律師のあまりに簡単な、しかし決定的な肯定に、胸が凍《こお》るような感覚を得た。

吉田一美が、本当に『自分と悠二の場所』に入ってきた。

悠二が、自分を怒鳴《どな》りつけた。一緒に来てほしかったのに。

吉田一美と一緒にいる方が、自分といるよりいいのだろうか。

フレイムヘイズと〝ミステス〟なんだから、一緒にいる方がいいのに。

いや、そうじゃない。フレイムヘイズとかに関係なく、一緒にいて欲し——

（!!——なに、なに馬鹿《ばか》なことを）

シャナは、過《よ》ぎった想いに、愕然《がくぜん》となった。

だけでなく、恐怖を覚えた。

吉田《よしだ》一美《かずみ》に、悠二《ゆうじ》に、そして、自分自身に。

自分が自分でなくなる、あの『どうしようもない気持ち』が、ここまで心を蝕《むしば》んでいる……

以前は熱く心地よかったそれが、今はたまらなく怖かった。

そんな少女を気にするでもなく、

「ああ、では早々に、その坂井《さかい》悠二君を探しに行くとしましょう」

「ふむ、必要性以外の理由でも、早く見つけることができればよいのう」

とカムシンらは言い置き、自分たちの乗っていた敷石《しきいし》ごと、宙を飛んでいった。

話題の意味が分からず聞くだけだったマージョリーとマルコシアス、そして宙でぴくりとも動かなくなったシャナと黙りこくったアラストールが、その後に残された。

そして今、
無反応なシャナにいい加減焦《じ》れた（といっても短気な彼女が待ったのは数秒だけだが）マージョリーが、ちょんと話題に触れた。

「もしかして、坊やとケンカしてこじれた理由ってのが、そのヨシダカズミ？」

反応して、シャナの肩が僅《わず》かに、ピクリと跳《は》ねた。

「あらま、図星《ずぼし》？」

「う……」

　言葉に詰まる幼い少女を、マルコシアスが軽薄にからかう。

「まあ、よくあるこったぜ、嬢《じょう》ちゃんよ。恋し恋され、破れ破られってな、ヒーッヒッヒ」

「………違う」

「はあ?」

『弔詞《ちょうし》の詠《よ》み手』は声を合わせた。

　それに答えるでもなく、シャナは小さく呟《つぶや》く。

「私は、フレイムヘイズなんだから、そんなこと、しない」

　ボン、とその背にある紅蓮《ぐれん》の双翼《そうよく》が火を噴《ふ》き、暗い空を一線裂《さ》いて飛び去った。

　河川敷《かせんじき》にいる少年に、ではなく、なぜか近付いてくる〝探耽求究《たんたんきゅうきゅう》〟ダンタリオンに向けて。

　二人は少女を黙って見送る。街の外に出ようとする行為が、推測どおり撹乱《かくらん》の自在法による妨害を受けるのかどうか、わざわざ確かめてくれるというのだから、止める理由はない。

　やがて、マルコシアスが口を開く。

「あー、フレイムヘイズでも、ってこと、ちゃんと言うべきだったか、我が恋の旅人、マージョリー・ドー?」

「どうかしら。自分で摑《つか》まなきゃ駄目《だめ》なものってのもあるでしょ。にしても」

　マージョリーは言って、〝グリモア〟に腰掛け、組んでいた脚に頬杖《ほおづえ》をついた。

「フレイムヘイズってのはホント、一人一党よねー。雁首《がんくび》揃えてても、みんながみんな好き勝手に動き回るし。協調性がないったらありゃしない」

「……おめーにだけは言われたかねえだろうぜ」


坂井悠二《さかいゆうじ》は河川敷《かせんじき》の人込みの中を、未だ吉田一美《よしだかずみ》を探し、彷徨《さまよ》っていた。

なにも知らず、知って騒いでもすぐ平静に戻される、狂った祭り。ただでさえ万単位の人間がひしめき合っているというのに、それを自在法らしきもので無茶苦茶《むちゃくちゃ》にかき回されてしまった。もはや、特定個人を探すことなど不可能に近い。

しかしそれでも、悠二は探していた。

会ってどうする、とまでは考えられない。彼女が宝具《ほうぐ》を持ち、〝紅世《ぐぜ》〟の秘密を知っていた理由も分からない。彼女が自分を見た目、そこに浮かんでいたものは、紛《まぎ》れもない恐怖の色だった。それでも、探し続けていた。

他《ほか》に、すべきことが思い浮かばない。

彼女に知られたこと、その後にあったこと、二つの衝撃《しょうげき》が混ざり合って、ほとんど自失に近い行動への衝動《しょうどう》だけが、彼を支配していた。

早足に歩き巡らす視界の中に、探す少女の姿はない。裸電《らでん》の明かりの中で響く露店商《ろてんしょう》のうるさいダミ声、焼きイカのいい匂《にお》いや宝石のように光る赤いりんごアメ、ほんの少し前まで……その少女と巡り歩いたときは楽しさの塊《かたまり》のように思えた光景が、白々しくも恐ろしい。

その後ろに、裏側に、『この世の本当のこと』が秘められていることを、今もそれが起こっていると知っていることが、たまらなく忌々《いまいま》しかった。そしてその、知っている世界の中に、今探す方ではない、もう一人の少女がいる。こっちは、はっきりと捉えられた。

（……シャナ）

〝ミステス〟として身の内に蔵した宝具『零時迷子《れいじまいご》』の効果によるものか、彼は〝存在の力〟に対する異常なまでの、ときにはフレイムヘイズさえ凌《しの》ぐほどの感覚を備えるようになっていた。だから、そう、シャナの居場所の方は、すぐに分かった。

彼女が自分と別れてすぐ飛んで行ってしまったこと。市街地で戦いがあったこと。攻撃は失敗したらしいこと。敵が奇妙な、逸《そ》らしたり曲げたりという力を使っていること。

なにより、遠くから〝紅世《ぐぜ》の王〟らしき大きな存在が近付いていること。

彼女がそれを目指して飛んで行ったこと。

全部、分かった。

分かっていても、彼は吉田一美を探していた。

そうするしか、なかった。

（──「うそつき!!」──）

そう大声で言われた衝撃《しょうげき》で、全《すべ》てが麻痺《まひ》してしまった。

彼女を怒鳴《どな》りつけた自分の行為が間違っていたのか。あの一瞬一瞬のやり取りで、自分は一体彼女のなにに反応し、彼女が一体自分のなにに反応したのか。その気持ちのやり取り、あの間に通じたなにかが、たった一言で麻痺させられてしまった。

彼女は、自分と離れてからすぐ、戦うために飛んで行った。

それを知って、感じて、ただ見上げることしかできなかった。

飛び去る紅蓮《ぐれん》の双翼《そうよく》の輝きが、その距離以上に、遠くに見えた。

今、その自分が、吉田《よしだ》一美《かずみ》を探している。

見つければ自分が困るだけだというのに。彼女になにを言っても困るだけだというのに。彼女になにを言ってもどうにもならないというのに。そもそも自分はどんな目算《もくさん》を持って探しているのか、本当はどうすべきなのか、自分はどうしたいのか。

本当に、訳が分からなかった。

目の前の祭りを、見るでもなく見る。

花火の打ち上げはようやく終わったらしく、もう空は地上の明かりに押される星と月のみ。なにが御崎《みさき》市に起こっているのか、見た目では分からなくなってしまっていた。人々を平静に戻す不気味《ぶきみ》な波が、断続的に、密《ひそ》かに、この地を襲っていることは、彼のように特別な感覚を備えていなければ知ることができない。しかし、

（知ったから、なんだっていうんだ）

そう思い、求めながらもあてなく彷徨《さまよ》う悠二《ゆうじ》は、他《ほか》でもないその感覚の中で、フレイムヘイズたちの新たな動きを捉えた。

（なんだ……一人、こっちに）

大きくなるのは、シャナではない別の、穏やかな気配の方だった。

（そういえば、もう一人、フレイムヘイズが来てたな）

と昨日の夜のことを思い出し、そして気付く。

（もう一人、別の……まさか）

吉田一美が『この世の本当のこと』を、知っていたこと。

あの、恐らくは自分を見たであろう、眼鏡《めがね》のような宝具《ほうぐ》。

それらはなぜ、誰に、どうやってもたらされたのか？

（こいつだ）

特に根拠や理由があったわけではない。あるとすれば、他の組み合わせとして、吉田一美とマージョリー・ドーの接触というのは考え辛《づら》い、という程度である。しかし、確信に近いその推測に悠二は取り憑《つ》かれ、怒りを燃え上がらせた。

（こいつが、吉田さんを、こんな所に!!）

吉田一美にあんな顔をさせたこと。

自分の本当の姿を知らせてしまったこと。

彼女を日常の外に引き込んでしまったこと。

自分が大事に抱《いだ》いていた日常を踏み躙《にじ》られたこと。

これら全《すべ》てを引き起こした者への怒りが湧《わ》き起こった。

フレイムヘイズ、全ての原因たる気配は、どんどん近付いてくる。まるで、この河川敷《かせんじき》を目指しているかのように。

悠二《ゆうじ》は走り出した。

接触し易《やす》い、人込みから離れた場所まで、走った。目の前の浴衣《ゆかた》の女性達を掻《か》き分け、その文句を背にボール掬《すく》いの水槽《すいそう》を飛び越え、店番の叫びを無視してその裏へ。

あっさり抜け出たそこは、人込みと明かりがいきなり途切れる場所、祭りの余剰《よじょう》資材やゴミなどが積まれた広場だった。ここなら、やってきても——とまで思い、はたと気付く。

(どうやって、やってくる奴《やつ》に僕がここにいると気付かせる!?)

その、近付いて来るフレイムヘイズに対して、悠二はかつてないほどの怒りと焦《あせ》りを感じていた。『自分の人間たる全て』を打ち壊《こわ》し、吉田《よしだ》一美《かずみ》に『この世の本当のこと』を教えてしまった者が、自分を無視して通り過ぎることが、絶対に許せなかった。

本当に怒りをぶつけるべき相手なのか、今焦ってそうすべき場合なのか、それらの理屈もない。ただ、自分がここにいるということを、怒りをもって示そうとした。そのとき、

ドクン、

「!?」

と胸が、否、全身が脈動した。

その全身に感じたものを、悠二は再び、今度は意識して動かす。

ドクン、

「なん、だ」

彼は自分の中に異物を感じた。その異物が自分の心と繋《つな》がり、動いたのだと感じた。まるで電気の回路が突然通ったような、食い止められていた水が急に流れ出したような、それは自然な、力の把握と脈動だった。

「……そうか」

数ヶ月前、一人の〝紅世《ぐぜ》の王〟が、〝ミステス〟たる彼の中にある秘法『零時迷子《れいじまいご》』を得ようとして、逆に腕をもぎ取られた。腕はそのまま、彼という存在の中に異物として残り、彼に不快感を与え続けてきた。しかし今、その大きな力は彼と繋がり、一つとなっていた。

「これが、〝存在の、力〟って、ことか」

フレイムヘイズや〝紅世《ぐぜ》の徒《ともがら》〟が不思議を起こす原理と感覚を、悠二は摑《つか》みつつあった。

莫大《ばくだい》な〝存在の力〟を消費することによって、より強くそこに在る……そんな、彼らの強さの構造を、知って、感じた。

シャナが、普通の少女としての体の軽さや柔らさを持っている。しかし、いざというときには強大な力を発揮する。それは物理的な話ではなかったのである。ただ、より強く在ろうとすることで、彼女は強くなる。

自己に使えば自己の強さに、他《ほか》に及ぼせば自在法に。生きた人間が自然に持つ、巨大な可能性を秘めたそこにいることのできる力――〝存在の力〟は、そうして行使し、消費されるものなのだった。

悠二《ゆうじ》はその感覚を、全《すべ》ての在り様とともに理解し、自分の怒りとともに把握した。そして、一旦《いったん》感得すると、〝存在の力〟を繰るのはあまりに簡単だった。

自分の怒りを、ただ現す。

自分を襲った虎《とら》の化け物のことを思い、そこから連想される怒りの姿を、自分の〝存在の力〟を使って組み上げる。

「――――ツオオオオオオオオオオ――――!!」

周囲に気を払うこともなく、怒りの心そのままに、悠二は巨大な咆哮《ほうこう》を上げた。

びりびりと夜気を震《ふる》わして、まるで虎のように。


街の外へ向けて飛んでいたシャナは、不意にその力の脈動を感じた。

(……これは、悠二?)

誰よりも明確に、感情の色と勢いを感じて、シャナは僅《わず》かに身を震わせた。

(悠二が、怒ってる)

怖くなったのである。

戦いにおける、圧倒的な力に対して抱《いだ》く脅威《きようい》などとは全く違う。実際、彼が現した力、それ自体は怖くなかった。構成が大雑把《おおざっぱ》すぎて、顕現《けんげん》の実効力で言えば、並の〝徒《ともがら》〟ほどもない。

ただ、彼が怒っているという、その様子を、怖いと思った。

こうして飛んでいる今も、身が縮んでしまいそうなほどに。

しかし、それでも、飛ぶ。

(私は、フレイムヘイズ)

まるですがるようだ……僅《わず》かに思い、しかし首を振って、真偽《しんぎ》の追及を誤魔化《ごまか》す。今の行為に没頭して、全てを使命だけの存在にしようとする。

今まではそれが当然で、それだけしかなかった。

息をするように自然に、そこにいるだけでそうなった。

なのに、今、そう在ることがおそろしく困難だった。抱く動揺こそ余計なもの、と理屈では思いながら、完全に振り払うことができない。必死に、自分をフレイムヘイズのみに繋《つな》ぎとめる。こんな努力は初めてだった。

そのフレイムヘイズたる少女は駅から離れ、レールを載《の》せた幅の広い高架《こうか》に沿って空を進む。

中途の路線分岐《ぶんき》にも迷わず、到来する巨大な気配へと、正確に指向する。

かの変人〝探耽求究《たんたんきゅうきゅう》〟ダンタリオン、通称・教授が、そもそもなにを目的としてやって来るのか、全く分かっていない。分かっているのは、来れば間違いなく、無茶苦茶《むちゃくちゃ》ななにかが起きる、ということだけだった。大きな破壊かもしれない。今のような混乱の増幅《ぞうふく》かもしれない。人の大量捕食《ほしょく》かもしれない。

どれも、させるわけにはいかない。

これはフレイムヘイズとしてではなく、確実に御崎《みさき》市に暮らす一人の少女としての気持ちだったが、二つの結果としての行為はほぼ重なっているため、抵抗は覚えない。

とにかく、あの教授を食い止める、それだけを思った。

分岐を過ぎた高架の上は、電線を渡らせる鉄塔、どこまでも続くレール、そして分厚いコンクリートの囲いだけしか見えない。それが夜の彼方《かなた》まで延々、同じ眺めを広げている。

この闇《やみ》の向こうから、教授がやってくる。

少女は戦いに備え、不安な心を必死に奮《ふる》い立たせる。

アラストールは、そんな少女に、なにも言わない。

御崎市駅舎《えきしゃ》のホーム上では、『我学《がが》の結晶エクセレント7932─吽《うん》の伝令』なる宝具《ほうぐ》──その形は、マンホールの蓋《ふた》に紋様《もんよう》を刻みネジを埋め込んであるという間抜けなもの──の上で、浮かび上がった教授の映像が大笑いしていた。

《んーんんん、んーふふふ》

肩をカクカク上下させる、妙ちきりんな大笑いである。首から紐《ひも》で下げた双眼鏡やら虫眼鏡《めがね》やらが、釣《つ》られてガチャガチャと揺れる。

その分厚い眼鏡には、『夜会《やがい》の櫃《ひつ》』を迎撃すべく向かってくるフレイムヘイズ──よく知る炎《ほのお》だが、初めて見る人間だ──の映像がアップで映っていた。『夜会《やがい》の櫃《ひつ》』の中に据《す》えられた『我学《がが》の結晶エクセレント4122─賢者《けんじゃ》の瞳』による映像を介して、教授は自分が作り上げた撹乱《かくらん》の自在法を、思う様《さま》操る。

紅蓮《ぐれん》の輝きを瞳と髪に表して飛ぶ美しきフレイムヘイズ、その進路をいきなり捻《ね》じ曲げてコンクリートの壁にぶつけ、落ちる場所を高架下の道路にずらし、起き上がったその足の裏にバナナの皮を配置してみる。少女らしきフレイムヘイズは転んだ。

《んーんんん、エークセレントな出来栄えですねぇえー》

制御《せいぎょ》する側の意志から遅滞《ちたい》なく撹乱が実行されていることに、教授はご満悦《まんえつ》だった。

ただ、最後のバナナの皮は、最近得た資料映像ほどに見事な転び方をしなかった。その不満から、今度はバナナの種類を変えるべきか、戦車も縦《たて》に一回転させるほどの『我学《がが》の結晶』を新たに開発すべきか……？

（そぉーうですね、後者にしぃましょーう）

と考える彼の思考を、助手が邪魔《じゃま》した。

「教授ー、さっきからフレイムへイズどもが街中を、なにか企んでるのかウロチョロ動き回ってるんですけど。もう一度、全域の因果配置のランダムリセットしませんかあひはひは《いたいた》」

マンホールに繋《つな》がれたマジックハンドが、顔だけドミノの頬《ほお》をつねり上げた。

《なあーにを言ってるんですかドォーミノォー。あぁーれは効果範囲がどぉこまであるかを確かめるために必要だからやったんですよぉー？　だぁいたい、あんな大規ぃー模なのを二度もやって、おぉー前の〝存在の力〟がなくなったらどぉーうするつもりです。〝燐子《りんね》〟のお前は、喰うことはできても、私がいぃーなければ自分の力にでぇきないではありませんか》

「はひ《はい》ーふひは《すいませ》へん《ん》。」

ようやくマジックハンドが離れた。

《余ぉー計なことは考えないで、自ぃ分の使命をまずは果たすんですよぉー？》

頬を手でシャリシャリ擦《こす》りつつ、

「まあ、たしかに撹乱《かくらん》ばっかりやってると、本命の作業の方ができないんでございますけど。ところで、まだ一人、フレイムへイズが駅前にいるんですが、どうしまふひはは《すいたたた》」

言う側《そば》から、またドミノはつねり上げられた。

《おー前の力を使わなくて良ーいんだから、そーっちはドンドンゴリゴリシャクシャクモニヤモニヤやあーりなさい。そおーれくらいは自分で考えられないんですかぁ？》

「はっへはっひはほへひはほほはんはへふはっへひはひひはひ《だってさっきはよけいなことかんがえるなっていたいいたい》」

マージョリーは必死にバランスを取る。

「って、は、っと!?」

宙に浮いていた〝グリモア〟が、攪乱を受けてでたらめに振り回されていた。

「ちょ、なんで攻撃もしてないのに!?」

「知るか！　つか、大した〝存在の力〟を出してるわけでもねえのに、なんでこんな手の込んだ真似《まね》ができんだ、ぶつかるぞ！」

「知らな、ひゃわっ!?」

思わず上に浮き上がろうとした、その力が全く意図したものと別方向に作用する。勢いをつけて二人はビルを二つ三つ越え、駅前から放り出された。

その落下が、放物線を描いて大通りから離れた街角に落ちる。

「つんぎゅ!?」

「ギャグッ!?」

それぞれ珍妙《ちんみょう》な声を出して、路上に伸びた。

数秒の沈黙を経て、マージョリーは伸びた姿勢のまま、声を漏《も》らした。

「あー、これじゃ、炎髪灼眼《えんぱつしゃくがん》のチビジャリも酷《ひど》い目に遭《あ》ってるわね」

マルコシアスも納得の風に答える。

「やーっぱ、街の外に出ようっつーのは論外か。とりあえずは、この撹乱《かくらん》の仕掛けをなんとかしねえとな。オチオチ飛んでもいらんねえ」

そう言い合ってから半秒、二人は身構えた。

至近《しきん》に、微弱ながら手を加えられた〝存在の力〟の気配があったのである。

(追っ手の〝燐子《りんね》〟かしら)

(はーてな、トンチキ発明王は『お助けドミノ』以外に手下を持ってねえはずだが)

互いの間で通じる、声なき会話で言い合ってから突然跳躍、気配のあった曲がり角、その塀《へい》の上をショートカットして、上から獲物《えもの》に襲い掛かる。

「ほーら、これで」

「殺ったあ!　——っと、な!?」

炎弾《えんだん》を発射しようとしたマージョリーは、〝グリモア〟を振り回して自在法の発現を辛《かろ》うじてキャンセルした。

その見下ろす角、二人に向けて……というより、二人が現れるはずだった曲がり端《はし》に向けて、

幅広の大剣を振り上げていたのは、

「あんた、今までどこほっつき歩いてたのよ!?」

マージョリーが怒鳴《どな》りつけたのは、

「つーかよ、その『吸血鬼《ブルートザオガー》』は、どーゆー類《たぐい》の冗談《じょうだん》だ?」

マルコシアスが思わず尋ねたのは、
細身を恐怖と緊張でガチガチにした、佐藤啓作《さとうけいさく》だった。


悠二《ゆうじ》は初対面のフレイムヘイズ、『儀装《ぎそう》の駆《か》り手』カムシンと対峙《たいじ》していた。

怒りを表した咆哮《ほうこう》で呼び寄せた、シャナ以上に幼く見える、しかし大きく穏やかな気配を隠し持った異能者を、射るような視線で睨《にら》みつけている。

カムシンの方は当然、動じた様子もなく、噂《うわさ》の『零時迷子《れいじまいご》』を宿した〝ミステス〟の少年を見つめ返している。

彼が降り立ってから自己紹介をする間も、悠二はずっとそんな調子だった。さすがに調律師だということを告げられたときは驚いたが(もっとも、これはカムシンが想像した理由からではない)、そのときも、驚き以上のもの、怒りを、その全身から表していた。まさに、たった今上げた咆哮のように。

カムシンには、彼が怒るわけが容易に想像できた。が、もちろんそんなことの確認などしない。今やらねばならないことは他《ほか》にあった。

とにかく、今の睨《にら》み合いのままでは埒《らち》が明かないので、カムシンは縦《たて》に傷の走る唇《くちびる》を開いた。

「ああ、実は、あなたに――」

「どうして」

「――?」

ようやく本題に入ろうとして、口を挟《はさ》まれた。

どうも、この少年は『炎髪灼眼《えんぱつしやくがん》の討《う》ち手』や『弔詞《ちようし》の詠《よ》み手』らと一緒にいるせいか、フレイムヘイズの持つ存在感や貫禄《かんろく》には慣らされているものらしい。貫禄で相手を圧倒して、有無を言わせず従わせるのは難しそうだった。

(ああ、そうでなくとも頭が切れるということですからね)

思いつつ、〝ミステス〟の少年の次の言葉を待つ。

口を挟んでみたものの、悠二《ゆうじ》はまず、なにからどう詰問《きつもん》すべきか悩んでいる様子だった。そうして数秒、結局彼は、簡単明瞭な問いを選んだ。

「なんで、彼女を巻き込んだんだ」

カムシンは全く平然と答える。

「調律に必要な、人間の適性者だったからです」

それ以上は答えない。表情はフードの奥に隠されたままである。

今の悠二は怒りで頭が回らない。そんな相手の無神経な様子に、思わず叫んだ。

「そういうことじゃない！」

カムシンはやはり平然と、フードの奥の闇《やみ》から未熟な少年に、強烈な一撃を叩《たた》き込む。

「ああ、つまり、彼女に本当の姿を見られてしまったんですね」

「!!」

「なぜ自分が〝ミステス〟だとばれるような真似《まね》をしたのか、と言いたいのですか？」

「――っ」

悠二は絶句する。

べヘモットが、無駄《むだ》な時間を過ごすまいと、すぐさま追い討ちをかける。

「ふむ、それはお嬢《じよう》ちゃんの平穏な日々を乱されたための怒りなのか、それとも自分の人間としての体裁《ていさい》を壊《こわ》されたための怒りなのか、どっちなんじゃね？」

この二人は、使命のためであれば、情をさっさと切り捨てる。今彼らは、その使命に照らし合わせて、こんな青くも間抜けな問答をしている暇はない、と判断していた。

なにも言い返せなくなった悠二に、カムシンは畳み掛ける。ただ《ただ》
「ああ、しかし、その怒りはお嬢ちゃんの選択への侮辱《ぶじよく》ですね。我々は、お嬢ちゃんに本当のことを……あなたのことを、知ろうとすべきではない、と勧めたのですから」

「ふむ、それでもお嬢《じょう》ちゃんは自分で『良かれ』と思える方を選んだのじゃから、儂《わし》らを非難するのは筋違いというものじゃよ」

ベヘモットの止《と》めに、悠二《ゆうじ》はぐうの音も出ない。いかに頭が切れるといっても、人間として積み重ねてきたものの量が違う。正論で言い負かされて、二十《はたち》にさえ満たない少年は、最初の怒りを失ってしまっていた。辛《かろ》うじて、相手からのフォローを期待するだけの、弱い声を継《つ》ぐ。

「だ、だからって、そんな……」

しかし、調律師たちは全く非情だった。

「ああ、今はそれどころではないのです。分かっているのでしょう？」

少年の感情を叩《たた》き潰《つぶ》し、役立たせるための布石《ふせき》を敷き終わったと見たカムシンは、ようやく本題に入る。

「あなたに協力して欲しいことがあるのです」

「ふむ、感じておったと思うが、我々の、敵に対する攻撃は手詰まりでな。正直、その敵の狙《ねら》いの欠片《かけら》も摑《つか》めておらん。それで、『弔詞《ちょうし》の詠《よ》み手』が高く評価しとる、おまえさんの感覚と知恵を拝借《はいしゃく》に来たというわけじゃ」

「……僕、に？」

さんざん言葉で打ちのめしておきながら、欲しい協力はしっかりと貰《もら》う。そのための主導権を得るための会話だったのだろう……と悠二は、忌々《いまいま》しくもたしかに打ちのめされ冷えた頭で理解していた。

納得はできないが、彼らは正しい。

今も大きな、なんだかやたらと騒がしい存在が、御崎《みさき》市に向かってものすごい勢いで近付いている。それを悠二も感じていた。目の前の調律師二人の言い分は、厳然たる事実そのものであり、反論に意味などないのである。

しかし、

(──『弔詞《ちょうし》の詠《よ》み手』が高く評価しとる」──？)

それでも悠二には一つ、その対策とは無関係なことで、訊《き》きたいことが一つあった。彼らの言葉に、どうしようもない物足りなさを感じていた。

その充足を求めるように、訊く。

「……シャナには、会ったのか？」

カムシンは、〝天壌《てんじょう》の劫火《ごうか》〟がそう呼んでいたか、と思い出し、簡単に答える。

「ああ、『炎髪《えんぱつ》灼眼《しゃくがん》の討《う》ち手』ですね、会いましたが？」

「……」

悠二は、会っているはずなのに、なぜもう一言がないのか、と思った。

他人からの高い評価よりも、ただ一人の少女からの言葉が聞きたかった。自分を置いて戦場に向かった少女が、僅《わず》かでも自分のことを気にかけてくれている、自分の力を必要としてくれている、その証明が欲しかった。

「シャナは、なにも言ってなかったのか？」

カムシンは、その質問の意味を勘《かん》で捉え、しかしはっきり答えた。

「ああ、いえ、なにも」

「そう、か……」

悠二《ゆうじ》は傍目《はため》にも落胆《らくたん》が分かるほど大きく肩を落とし、しかしすぐ顔を上げた。やらねばならないことがある。なら、やらねばならなかった。せめて、そうすることで――

「まず、その調律ってやつを、詳しく説明してくれ」

二人は、その悠二の姿を見て、隠した表情に驚きを僅《わず》かに加えた。

少年の声にも体にも力はなかったが、そのかわりに目が、なにかを隠した目が、爛々《らんらん》と光っていた。

機械と言うにはあまりに不揃いででたらめな、金属その他の部品で埋め尽くされた一室、

「んーんんん、んーふふふ、エエークセレントな調子ですよぉ～？」

正確には、全速運転中の怪物列車『夜会《やがい》の櫃《ひつ》』の運転室で、教授が満面の笑みを浮かべていた。ここしばらく、歪《ゆが》みの捜索《そうさく》や調律師の追尾《ついび》、各種器具の試作を繰り返していたので、今度

の実験は久々の大成果になりそうだった。

傍《かたわ》らに置かれた、ドミノの許にあるものと対《つい》になって通信する改造マンホール蓋《ぶた》『我学《ががく》の結晶エクセレント7931ー阿《あ》の伝令』に、一つの自在式が映し出されている。これの本物は今、『夜会《やがい》の櫃《ひつ》』が向かっている御崎《みさき》市駅のホームで、着々と構築されていた。

(今回はフゥーレイムへイズの愚か者どもに邪魔《じやま》されることを想定して、あぁーらゆる手を打ちましたからねぇー……いぃーかに大破壊力を誇る『儀装《ぎそう》の駆《か》り手』といぃーえども、あの撹乱《かくらん》を破って、攻撃を我々に届かせることはでぇーきませんよぉー、んーんんん)

そういえば、と教授はカクカクと肩を震わせながら思う。

(しぃーつこく誘われていたねぇー……『必ず興ー味をそそられるはず』と言ってましたし
……返事も、この実験が終わるまで、と返事を延び延びにしていましたが)

教授は他《ほか》でもない、この実験の一つの結果に、自分達が巻き込まれることを知っている。

しかし、その実験が、様々な新要素と概念と手段と仕掛けと作戦と心意気を組み込んだ、めったにない大実験であることも知っている。自分でやっているのだから、当然だった。

その大実験の大実行の大結果への大興味の方が、自分の命よりも面白《おもしろ》い。

彼にとってはそれだけのことで、それ以上の余計な理屈は必要なかった。

なにはなくともまず試す、結果を知ってそれを次に生かす、ということだけを考える。次があるかどうかについては考えない。変人の変人たる所以《ゆえん》だった。

（とぉーはいぇ、もうあぁーそこには大したものも残っていませぇーんし、肝心《かんじん》の勧誘に来ていた当人が、この数年の間、行方《ゆくえ》不明だそぉーうですが）

と、別の意味で笑う彼の前、妙なコードやパイプを突き出した古いブラウン管らしき画面に、前方の駅に停まる列車が映った。線路脇《わき》の信号はいずれも赤。

「んー、どぉれどれ……？」

教授は座ったまま、低い天井《てんじょう》に文字通り手を、、、、、伸ばして、潜望鏡《せんぼうきょう》のような装置を引き下ろす。そこから眼鏡《めがね》ごと覗《のぞ》き込んで前方を拡大してみると、列車の脇、ホーム上で駅員が手旗などを必死に振っている様子が見えた。

「んーんんん、んーふふふ。残念なぁーがら、この『我《が》ぁ学《がく》の結晶エエークセレント29182―夜会《やがい》の櫃《ひつ》』を食ぅーい止めるには、少ぉーしばかり、頑丈《がんじょう》さに欠けるようですねぇ」

見当違いな解釈とともに、教授はまた肩をカクカク震わせる。もちろん制動をかける気はさらさらない。どころか、心意気を表すように、傍《かたわ》らに下がっていた紐《ひも》をグイと引いた。

ギャオー、と外部につけてある汽笛が一斉《いっせい》に鳴る。

潜望鏡の中、その意味するところに気付いた駅員達が泡《あわ》を食ってホームから逃げ出すのを見て、教授はさらに肩を震わせた。前の画面は、衝突《しょうとつ》寸前の車両をいっぱいに映している。

「んー――、スイ――――――ッチオン！」

ポチッ、抜けた音がして、城門を突き砕《くだ》く破城槌《はじょうつい》のように鋭角的で頑丈《がんじょう》そうな先頭構体、その表面に、馬鹿《ばか》のように白けた緑色の紋様《もんよう》が点《とも》った。

その先端と、停まった車両が、接触する。

教授はそれと同時に叫んだ。

「エエークセレント！　エエーキサイティング!!」

バゴゴゴゴ、と硬い物同士が連続してぶつかり砕けるものすごい騒音が、運転室にまで響いた。ガタガタと揺さぶられ、あちこちから道具や部品が飛び散る。火花が飛んで一瞬暗くなり蒸気まで噴《ふ》き出して、しかし『夜会《やがい》の櫃《ひつ》』は、停まっていた列車八両全《すべ》てを砕ききって、しかも速度を落とさずに走り抜けていた。

ベルトの間から覗《のぞ》く髪をガシガシかきつつ、教授は潜望鏡から顔を剥《は》がした。べりっと音がして、その顔に眼鏡の型が青あざになって残った。首に紐《ひも》で下げた物の中から手鏡を取り出して、写し見る。

「……」

パンダのようになったその顔を数秒眺めてから、教授は傍らにあるマンホールの蓋《ふた》『我学《ががく》の結晶エクセレント７９３１―阿《あ》の伝令』のスイッチを通信に切り替えた。そうしてから一息吸い、とりあえず理由は後付けすることにして、まず大声で怒鳴《どな》った。

「ドォ――ミノォ――!!」

吉田《よしだ》一美《かずみ》は焦《あせ》っていた。

「坂井《さかい》君のお母さん、大丈夫ですか、坂井君のお母さん!?」

傍《かたわ》らに座り、話を聞いてくれていた坂井千草《ちぐさ》が、いつからかぼうっとして、全く反応を返さなくなってしまったのだった。

「あ、ああ」

取り乱し崩れる寸前の泣き顔で、吉田は必死に千草の肩を揺する。しかし、その表情は動くこともなく、ただ虚《うつ》ろに目を開くのみである。

「だ、誰か助——!!」

言いかけて、吉田は声を切った。

目の前の人波が、千草と同じように止まっている。

誰も彼も、お祭り会場にある数万の人間、その全《すべ》てが、感情や生気の抜け落ちた顔で、ただお祭り会場に、ぼうっと突っ立っていた。ラジオか有線放送から取られた音楽のけたたましさだけが、その棒立ちになる人々を、虚《むな》しく叩《たた》いている。

「う、うう——」

声にならない、今日一体何度目かという絶望の呻《うめ》き声を搾《しぼ》り出し、千草の肩にすがりつく。

そのまま、いつものように、目の前のことから逃れるために目を閉じようとする。

と、その寸前、

（これが、坂井君の、いる場所）

心に一人の少年の姿が過《よ》ぎった。

（坂井君と、ゆかりちゃんのいる場所なんだ）

坂井悠二《ゆうじ》は、他《ほか》でもない、ここにいる。

それを思い、必死に潤《うる》んだ目を開ける。

（大丈夫、大丈夫、あの二人がいる場所なんだから、しっかりしないと）

なんの根拠もないまま、自分を叱咤《しった》する。

（分かってる、これは、さっきからの、あれなんだから）

原因は、感覚だけだが、大体理解できていた。

異変の最初に広がった、御崎《みさき》市の在り様を歪《ゆが》める力——ではない。その逆だった。歪む御崎市を矯正《きょうせい》しようという調律本来の機能、おそらくはそれが暴走することで発生していた断続的な平静の波こそが、原因だった。人々は、その影響を受けすぎたのである。

つまり、調律の一作用である『平穏をもたらし安定させる力』を延々受け続けることで、身の周りで受ける僅《わず》かな変化までを受け入れてゆき、遂には全てへの反応と弾《はず》みを失ってしまったのだった。

（私に、なにが、できる？）

自分で助けることはできなくとも、それができそうな人間には心当たりがあった。

この現象を起こした人喰いの化け物がうろついているかもしれない……そのことを思うと、身震いがした。ただ座っていても、脇《わき》の下が縮こまり、両膝《ひざ》を強く合わせてしまう。夜風の中で、感じる以上の寒さが襲ってくる。

(で、でも)

目の前で、そんな弱い自分だけではない、自分に大切なことを教えてくれた、気付かせてくれた女性が危機に陥っている。そのことが、彼女を弱さの中に引きこもらせなかった。

吉田《よしだ》は土手の階段から身を起こそうとして、一度倒れそうになった。そこから、また砕《くだ》ける膝を折りかけて、さらになんとか、ようやく立った。

座ったときよりも、さらに大きく、河川敷《かせんじき》の広がりが見える。スピーカーから流れる音楽や発電機の唸《うな》り、そこかしこから立ち昇る焼きすぎの煙、しかしその間にただ呆然《ぼうぜん》と立っている無数の人、人、人……不気味《ぶきみ》と言うしかない光景だった。

それでも吉田は自分の傍《かたわ》ら、抜け殻《がら》のように座って前を見ている千草《ちぐさ》に向けて、半ば自身への活を入れるため声を出した。

「ま、待っててください、坂井《さかい》君のお母さん」

その声は、震えてはいたが、弱くはなかった。

「坂井君か、カムシンさんを呼んできます！　絶対に！　大丈夫ですから!!」

一人だけ、そう、カムシンがいる場所だけは分かった。

少し前、カムシンらしき褐色《かっしょく》の光が、裏手の暗がりに落ちていったのを見たのである。そしてその直前に、身震いするような猛獣《もうじゅう》の吼《ほ》え声が上がったのも、聞いていた。

そこはカムシンが人喰いの怪物と戦っている場所かもしれなかった。しかし、あの王子がやられたりはしない、と心を強く持って、吉田は白木《しらき》の下駄《げた》を踏み鳴らす。

「い、いって、きます」

人々が静止し、ただ夜風が芝を撫《な》でる土手の階段に千草を置いて、吉田は小走りに走った。恐怖と緊張で膝が笑っていて、とても全力は出せない。その、息が切れるよりも早く訪れた疲労の中で、

(もしかして、自分から坂井君に会いに行くことに、なってるのかも……)

思いもよらなかった事態の中、いつしか彼女は不思議な……開き直りのような覚悟《かくご》を、胸に抱《いだ》くようになっていた。ただ、一縷《いちる》の望みをあの褐色の炎《ほのお》に託《たく》して、一人の名を胸の中で叫びながら走る。

その名は、現実に求めているフレイムヘイズのものではなかった。

(坂井君！)

マージョリーは有無を言わせず怒鳴《どな》りつけた。

「この大馬鹿《ばか》！」

佐藤《さとう》はこれ以上ないほどに身を縮こまらせ、顔を伏せた。

取り上げた大剣を自分の前にドンと突いて、マージョリーはさらに怒鳴る。

「こんなもん持ち出すためにあげた力じゃない！　剣一本ただ振り回せるだけで〝徒《ともがら》〟が倒せるのなら、私たちも苦労なんかしないわよ！　普段から子分子分言ってるくせに！　こういう、いざというときにこそ親分の命令を守らなきゃなんないんでしょうが!!」

抗弁するでもなく、佐藤は肩を震わせている。

そろそろいいかと思い、マルコシアスが間に入った。

「エータの大将も、我が猛《たけ》き親分マージョリー・ドーも、まあついでに俺《おれ》も、結構心配してたんだぜえ？」

肩ごと、腰から折れ曲がるように、佐藤は俯《うつむ》いた。少しでも余計な場所を動かせば、そこから崩れる泥《どろ》人形のような仕草《しぐさ》だった。

鼻息荒く、しかしマージョリーは〝グリモア〟から一枚、新しい付箋《ふせん》を引き抜いた。

「ったく、無駄《むだ》遣《づか》いしてくれちゃって……」

などとブチブチ言いながら、それを佐藤に差し出す。顔を上げられないらしい少年に、彼女は苛立《いらだ》ち、その肩をがっしと摑《つか》んで引き起こした。

「あっ……！」

彼は、泣いてこそいなかったが、常の軽いすまし顔は、非力さへの悔しさと愚かさへの後悔と、ここで出会わされた運命への恨《うら》みで、グチャグチャになっていた。

マージョリーはそんな、情念に煮え滾《たぎ》る男の姿が、実は嫌いではない。もちろん、だからといって甘《あま》い顔はしない。不機嫌な顔を保ち、別のことを言う。

「女からのプレゼントを、そっぽ向いて受け取る奴《やつ》がどこにいんの。だからあんたたちはガキだって言うのよ」

「……はい」

「ほら」

マージョリーは、浴衣《ゆかた》の襟元《えりもと》にまた一つ、付箋を差し入れる。

「この剣は私が没収。あんたは今度こそ、『玻璃壇《はりだん》』に向かいなさい」

「マージョリー、さんは？」

「返事が先！」

ガッ、と怒鳴りつけられて、佐藤は背を伸ばす。

「っはい！」

「私は、炎髪灼眼《えんぱつしやくがん》のチビジャリを拾《ひろ》ってから『玻璃壇《はりだん》』に連れてく……そうね」

ふと思いついて、マージョリーはたった今、少年の襟元に差した物ではない、もう一つの使い差しの付箋《ふせん》に指先をトン、と付けた。

「『玻璃壇《はりだん》』に着いたら、例のビルの上で『所を天蓋《てんがい》に移せ』って口に出しながら念じなさい」

「はい。『所をテンガイに移せ』ですね……どうなるんですか？」

今度はちゃんと返事をしてからの質問に、

「やれば分かるわ」

と簡単に答える。

「ふーむ、なんでぇなんでぇ、予想外に優しいじゃねえか、我が温厚《おんこう》なる――」

言いかけたマルコシアスの声に、無情な声でマージョリーが割り込む。

「もちろん、お仕置《しお》きもあるわよ。エータ、聞こえる？　ケーサクが見つかったわ。なんともない、無事よ」

言いつつ、佐藤《さとう》の額《ひたい》を突いて彼にも『玻璃壇《はりだん》』で待っていた田中《たなか》の声を届ける。

《本当ですか!?》

その喜び一杯の声に、佐藤は一旦《いったん》引っ込んだ涙が溢《あふ》れそうになるのを感じた。

と、そんな彼の感傷をぶち壊《こわ》すように、マージョリーはあっさりばらした。

「それがね、こいつったら『吸血鬼《ブルートザオガー》』を持ち出して、一人で勝手に〝徒《ともがら》〟と戦おうとしてたみたいなのよね。いわゆる抜け駆《が》けって奴《やつ》」

《えっ!?》

今度は驚きの声。

佐藤は今さら、自分が無二《むに》の友への裏切りを働いていたことを自覚して、その重さに愕然《がくぜん》となった。他《ほか》でもない、ともに目指したものを、その場の勢いと無謀《むぼう》な気持ちだけで。それらに全く気付かず、ただ熱さだけで暴走していた自分の愚かさに、全身が震えた。

そんな彼をよそに、マージョリーは続ける。

「お仕置きはあんたに任せるわ。なにやっても私が許すから」

「……」

《……》

通信の向こうとこっち、双方《そうほう》が黙り、沈黙が下りる。

佐藤は覚悟《かくご》して待ち、すぐに田中が答えた。

《一発、思いっきり殴《なぐ》らせろ。それでいい》

「……、——っ」

「返事は?」

マージョリーが、せめてこれくらいは本当にお仕置きしてやれ、と強要し、佐藤はボロボロ涙と鼻水を流す色男台無しの情けない声で、

「はい」

と答えた。

「いちおう、思いつきは、したけど……」

カムシンが知る限りの事情と仕組み、その全《すべ》てを聞いた悠二《ゆうじ》は、あっさり答えた。

さすがの調律師たちもこれには驚いた。

「ああ、そんな、簡単に……？」

「ふむう？」

不審の声に、悠二は大した反応を見せず、ただ口を重く閉ざした。

「……」

それは、自分の発言が疑われたことへの不満の姿ではない、拗《す》ねた色ではなく、躊躇《ためら》いを漂《ただよ》わせている、とカムシンらは看破《かんぱ》した。なぜ、そんな気持ちを彼が抱《いだ》いたのか。

二人には、心当たりがあった。悠二が自分から言うかどうかを待ち、フードの下からじっと見つめ返す。

「……」

悠二は、そんなカムシンらの態度に腹が立った。

それなりに埒《らち》を明けられる作戦だろう、とは思っている。しかし、それを口にするだけの厚《こう》顔無恥《がんむち》さはなかった。なのに調律師たちは、正しさを盾《たて》に、自分が言い出すのを待っている。

時間が限られているのだから、そうせずにはいられない、と分かっているのである。

「……」

悠二が、答えではなく、そのことに対する文句を言いかけた瞬間、

「ああ、お嬢《じょう》ちゃんが、関係しているのですか」

カムシンがあっさり核心を突いた。

「!!」

全く嫌《いや》な奴《やつ》だ、と悠二はカムシンらを非難の視線で射る。

もちろん、それで動じる二人でもない。

「ふむ、それはどうしてじゃね」

ベヘモットも悠二が口を開いたのを奇貨《きか》として、答えをなし崩し的に求めてくる。本当に、全く、嫌な二人だった。

「……でも」

求められたことで改めて、悠二は自分の考えが正しいかどうか検証する。時間がないのも分かっている。さっきから、飛んできているのか走ってきているのか、〝紅世《ぐぜ》の王〟が、より近くに迫ってきている。それを感じる。頭の中だけで考えるよりは、発言して参考意見を求めた方がいいに決まっていた。

（今でさえ、こんな……）

人の喧騒《けんそう》のみが静まり返った、音楽と発電機の音だけが騒がしく鳴り響いている、不気味《ぶきみ》に凍《こお》りついた祭りの風景。こんな所に〝紅世《ぐぜ》の王〟がやってきたら、一体なにが起こるか知れたものではない。なにか企んでいるらしい御崎《みさき》市駅への到達を、食い止めねばならない。

分かっていた。

しかし、それでも、

「ああ、お嬢《じょう》ちゃんを、そんなに巻き込みたくないのですか？　それは、どうしてです？　彼女を恋愛対象として大切に思っているからですか？」

「な！　なんで、そんなこと言わなきゃ……」

いきなりなカムシンの問いに、悠二《ゆうじ》は言葉を濁《にご》す。

さらにベヘモットも言う。

「ふむ、この場合は、割と重要な問いのようにも思えるがのう」

悠二は、あのときの、恐怖に染まった少女の顔を、胸の痛みとともに思い浮かべた。そうして自分の感情を、その痛みの中から掘り起こし、言葉に変える。

「……吉田《よしだ》さんは、優しい人なんだ」

言ってから、なんて酷《ひど》いことを彼女にしてしまったんだろう、と後悔する。

自分というものに、『この世の本当のこと』に触れさせてしまった衝撃《しょうげき》を思う。

かつて自分が触れ、陥り、二度と戻れなかった場所、それをいかに欲したかを思う。

「いくら一度巻き込まれたからって、またこんな惨《むご》いことしかない世界に、覚悟《かくご》もないのに連れ込むようなことは、しちゃいけない人なんだ。できるのなら元の世界に……」

少女の、心安らぐ微笑《ほほえ》みを思う。

自分のために作ってくれた弁当は、美味《おい》しかった。

シャナが体育の授業で彼女を助けたこともあった。

そのシャナに負けないと宣言されて驚いたこともあった。

いわゆるデートとして、美術館に出かけたこともあった。

シャワー室で騒ぐ彼女らの会話に赤面したこともあった。

池《いけ》のお節介《せっかい》から、彼女を怒らせてしまったこともあった。

そして、今日……そう、ほんの数十分前までの、お祭り。

少し思い出すだけでもこれだけが、もう少し思い出せばさらにたくさん、彼女との日々の中に、あの日常の中に過ごした幸せが、思い出として溢《あふ》れてくる。あそこに居続けることができるのならば、その方が絶対にいいに決まっていた。

「吉田さんは、僕が零《こぼ》れ落ちてしまったあそこに、いるべき人なんだ」

その断言に、カムシンはフードの中からじっとこちらを窺《うかが》い、また意外なことを訊《き》いた。

「ああ、シャナ、と呼ぶあの少女は、違うのですか？」

なぜそんなことを、と思いつつも、悠二は答える。

「シャナは、違うよ」

おずおずと躊躇《ためら》いがちな、考え考え言葉を継《つ》いだ吉田《よしだ》への答えとは対照的に、悠二《ゆうじ》はほとんど即答の、確たる声を返した。

「シャナは、フレイムヘイズなんだ。彼女があの生き方を選んで、そこで強く、そうあるべきだと信じて立っている。彼女は、自分であの生き方をする覚悟《かくご》を持って、進んでいるんだ」

(!!　――そうだ――)

悠二はこの自分が口にした確答の中で、閃《ひらめ》いた。

あの別れ際、

(――「そんなどうでもいいこと、放っときなさいよ!!」――)

シャナの、微妙な優越感、焦《あせ》りと強要を混ぜた表情――シャナが、フレイムヘイズの使命にかこつけて、吉田一美《かずみ》を押しのけようとした――その事実に、自分は深い怒りを感じ、怒鳴《どな》り返したのだ――そのことに、悠二はようやく気付いた。

(そうとも、僕は……彼女が、彼女自身が、そうあろうと決めたはずのフレイムヘイズじゃなかったから、あんなに……)

そんな、一つの答えをまた得た彼の背に、

「シャナっていうのは、ゆかりちゃんのことですか?」

「!?」

聞き覚えのある、ここで聞くべきではない声に、悠二はぎょっとなって振り返った。

「!! 吉田、さん」

隠れるでもなく、吉田一美《かずみ》が静かに彼の真後ろ、テントの傍《かたわ》らに立っていた。

騒音だけがずっと鳴り響いていたのと、人が動いているわけはないと油断しきっていたことから、その存在に全く気付けなかったのだった。

あっ、と気が付いて、またカムシンの方に向き直る。

「さっきから、変な質問ばかりすると思ったら……!」

「ああ、さすがの『零時迷子《れいじまいご》』の〝ミステス〟も、人間の気配を察知することはできないようですね」

カムシンはフードの奥でクックと笑った。

悠二はこれで、カムシンを『絶対に好きになれない奴《やつ》』と決定した。

その相棒たるベヘモットも続ける。

「ふむ、儂《わし》らのせいで、悲しい目に遭《あ》わせてしまった、ほんの罪滅ぼしじゃよ」

怒りを声に変えようとした悠二の傍《かたわ》らに、吉田が歩み寄っていた。

「坂井《さかい》君」

「……うん、いや……はい」

さっきまでの滑《なめ》らかな舌は、口中で強張《こわば》って上手《うま》く言葉を紡《つむ》げない。

その彼に、吉田《よしだ》は前に手を揃え、大きく深く、頭を垂れた。

「逃げたりして、ごめんなさい」

「吉田さん、止《や》めてよ!?」

悠二《ゆうじ》は、お辞儀《じぎ》を起こそうとした手を、吉田に取られた。白魚《しらうお》のような、という表現がぴったりの、柔らかで、しかし夜風で少し冷えた、手だった。

頭を下げたまま、それを額《ひたい》にやり、吉田は謝る。

「……私って、いつもそうなんです。自分で勝手に夢を見て、それが駄目《だめ》だって分かったら逃げて、泣いて、駄々《だだ》をこねる……私は、優しくなんかないんです。臆病《おくびょう》で、相手に怯《おび》えてばかりいる、情けない人間なんです」

優しい、という言葉を自分が口にしたことを思い出して、悠二は顔を真っ赤にした。

「ど、どこから聞いてたの?」

吉田も僅《わず》かに頬《ほお》を染めた顔を上げて、

「カムシンさんが訊《き》いた、私が関係しているとか、からです」

ほとんど全部だった。

相手がフレイムヘイズ、しかもどこか浮世離れした、人間味を感じられない相手だからと、つい真っ正直に本音を漏《も》らしてしまった……その全《すべ》てを、よりにもよって、吉田一美《かずみ》当人に訊かれてしまった。悠二は恥ずかしさのあまり、自分で穴を掘ってその中に入りたくなった。

と、吉田が言う。

「覚悟《かくご》」

「えっ」

混乱する悠二は、自分がどこでその言葉を使ったか考えた。

「私にだって、あります。ここに、坂井《さかい》君のいるここに、入る覚悟が」

「駄目《だめ》だ！」

断言の即答で、悠二はそれを拒《こば》んだ。

吉田は心外そうな、しかし穏やかな顔で、また言う。

「ゆかりちゃんには、あるのに？」

「シ、シャナはこのカムシンと一緒の、フレイムヘイズって特別な存在だからだよ！　吉田さんは普通の人間じゃないか!?」

「坂井君は、カムシンさんや……ゆか、シャナ、ちゃんと同じなんですか？」

悠二は戸惑っていた。なぜか今の吉田は押しが強い。それが覚悟を持ったからだろうか、とまで考えて、慌《あわ》てて首を振る。そんなに簡単に、彼女の言い分を認めるわけにはいかない。自分が認めるかどうかでなにが変わるのかは置いて、とにかく認めない。絶対に認めたくない。

その気持ちと等量の辛《つら》さを、遂《つい》に悠二は持ち出す。

「僕は……僕も、人間じゃないんだ」

血を吐《は》くように、悠二《ゆうじ》は目の前の少女に告げた。

「体の中に宝具《ほうぐ》を持ってる、〝ミステス〟っていう特別なトーチなんだ。僕には、フレイムへイズたちの役に立つ力がある。吉田《よしだ》さんのような本当の、ただの人間とは違って、ここに入ってもいい……いや、引きずり込まれても仕様のない存在なんだ」

できるだけ差別的に強圧的に言ったつもりだったが、効果はなかった。

あっさり反論が返ってくる。

「でも、坂井《さかい》君の考えた、私の関係している街を救う方法というのも、あるんでしょう？　なら、坂井君と私は、役に立つっていう意味では同じ立場のはずです」

「う……」

墓穴を掘った悠二は言葉に詰まった。

そんな悠二に、吉田は言う。

「坂井君は、人間です」

「!!」

その簡単な言葉に、しかしそこに彼女が込めた心に、悠二は打たれた。

吉田は、ずっと握っていた悠二の手を自分の胸の上に添えた。

二人は、その温《あたた》かさを共有する。

「あんな風に私のことを言ってくれる人が、人間じゃないなんてこと、絶対にありません」

彼女の微笑《ほほえ》みからは、いつもの不安定な弱々しさが抜け落ちていた。代わりに、抱擁力《ほうようりょく》という紛《まぎ》れもない強さが、その同じ、柔らかな微笑みの中に芽吹きつつあった。

「……吉田、さん」

吉田の胸の鼓動《こどう》が、掌《てのひら》に伝わってくる。

大きく早く、彼女が生きている証《あかし》として。

二人は、その鼓動も共有する。

悠二には、もう吉田を押し止《とど》められるだけの言葉がなかった。

彼女を受け入れるしかなかった。

吉田も黙って、ただ悠二の手を温める。

その二人っきりの、鼓動だけの静寂を、

「ああ、さて、同意が得られたところで、話の続きをしたいのですが」

いきなりカムシンがぶち壊《こわ》した。

「ふむ、時間も差し迫っておることじゃしのう」

「あっ、す、すいません!」

吉田は初めて自分の行為に気付いたように、胸にやった手を悠二のそれごと振り払った。今までの大胆《だいたん》さも忘れ、顔を俯《うつむ》けて真っ赤になる。

「……」

悠二《ゆうじ》は、やっぱりカムシンが好きになれそうになかった。


遠くから、しかし猛烈《もうれつ》な速さで〝探耽求究《たんたんきゅうきゅう》〟ダンタリオンが近付いてくる。

それを迎撃しようと街の外への脱出を図り、失敗したシャナは今、これを諦《あきら》め、代わりに事態の突破口、あるいはヒントを見出すべく、街のあちこちを飛び回っていた。

敵の効果範囲と特性を見極めなければ動けない……と理由付けこそしていたが、実際のところは、悠二の所に……怒りの叫びを撒《ま》き散らした彼の元へ行くのが怖かったのである。

そんな、ビルの谷間を飛ぶ少女の傍《かたわ》らに、マージョリーが群青《ぐんじょう》色の火を噴《ふ》く〝グリモア〟を横滑《すべ》りさせ、合流した。速度を合わせてフレイムヘイズ同士、併進する。彼女は組んだ脚に頬杖《ほおづえ》を突いて、見向きもせずに傍らを飛ぶ無愛想な少女に声をかける。

「ちょっと、あんたいつまで無駄《むだ》に飛び回ってるつもり？　駅から遠けりゃ、そりゃ撹乱《かくらん》も来ないけど」

「無駄じゃない。街から出られるか試してた」

「よーお、嬢《じょう》ちゃん。そう不貞腐《ふてくさ》れてねえで、素直にあの兄ちゃんの所に行ったらどーだ？　後悔するぜえ、ヒヒヒ」

「その悠二が考える材料を集めてる」

シャナはやはり、一心に前を向いて、飛ぶ。

マージョリーは溜《た》め息を吐《つ》いて、彼女がここに来た本題に入る。

「ねえ、〝天壌《てんじょう》の劫火《ごうか》〟」

意外な呼びかけに、その胸で揺れるペンダントから声が返った。

「なんだ」

「あんたさ、前の大戦で生き残ったんでしょ？」

「……その通りだ」

遠雷《えんらい》のような重く低い声に、暗さが過《よ》ぎる。彼はその戦いで、前の契約者をなくしていた。

「上海《シャンハイ》の外界宿《アウトロー》で、『万条《ばんじょう》の仕手《して》』にその話をちょっと聞いたんだけどさ」

「ヴィルヘルミナに会ったの!?」

シャナはいきなり、まるで年相応《そうおう》の少女のような喜びを示した。

その反応にマージョリーは驚き、しかし掌《てのひら》を差し出した。

「二年も前の話よ。なんか、追跡してる大物が中央アジアに入るからって、その準備をしてたみたい」

少女が話を聞きたがっている、と察したマルコシアスが、からかうふりをして声を放る。

「ヒャヒャ、ティアマトーともども、相変わらず無愛想《ぶあいそう》でズレた姉ちゃんだったぜぇ？　にしても、あのデケぇザックに給仕服って格好は、ズレるにしても程があるってえもんだ」

「んなことはどーでもいいのよ」

マージョリーにあっさり話を切られ、シャナは不満そうな顔をしつつも黙った。

「話したいのは、あの大戦の発端《ほったん》が連鎖反応からだった、ってこと」

アラストールは、彼女の問いの意味を理解した。

「ここも、そうなる可能性がある、というのか」

「今のこの街の状況、あの無愛想女に聞いた話と似てる気がするのよね。最初に派手な人喰いとトーチの大量生成、大きな歪《ゆが》みに釣《つ》られてくる〝徒《ともがら》〟どもをフレイムヘイズが追ってきて、互いの交戦が重なって〝徒〟はさらに人をお構いなしに喰いまくる、そうする内に、どんどん両陣営が集結して……」

「最後は、ドデカい奴《やつ》とその一党が歪みに目をつけて、よからぬことを企ててドカーン、ってか、ヒーッヒヒヒ！」

その軽薄な笑いに、僅《わず》かに不快感を声に示しつつ、アラストールは答える。

「たしかに、状況は似ている。この地では〝狩人《かりうど》〟の襲来以降、常ならば考えられぬほど、互いの往来が激しい。以前の大戦で［とむらいの鐘《トーテン・グロッケ》］がそうしたように、今度は［仮装舞踏会《バル・マスケ》］がよからぬ企みをここで行う可能性がある、ということか」

一旦《いったん》言葉を切り、懸念《けねん》それ自体を声に変える。

「我らの真史には、時折このような都市が現れる。フレイムヘイズも〝徒〟も引き寄せられる運命にある、『闘争の渦《うず》』が」

マージョリーはアラストールから目を逸《そ》らし、シャナのように行く先、どこに向かっているわけでもない行く先を見ながら訊《き》く。

「じゃあ、今の件が終わったとして……それを置いて出て行くのは、フレイムヘイズとして、正しいと思う？」

アラストールは心底からの感嘆の声を漏《も》らした。

「……まさか、『弔詞《ちょうし》の詠《よ》み手』に、そのような常識を説くことになるとはな」

「どーゆー意味よ」

「ヒャーッヒャッヒャ！　聞いての通りだろ。暴れ牛がテーブルマナー尋ねるよなもブッ！」

「お黙り、バカマルコ。で、どうなのよ」

「……」

シャナが息を潜《ひそ》めてその答えを待っている気配を感じつつ、しかしアラストールはフレイムヘイズに力を与える使命の従事者として、確と答える。

「当のフレイムヘイズが標的でないのなら、留《とど》まるべきだ」

「……！」

「これだけの騒動だ、事後処理には、それなりの時間を食うだろう。封絶外の始末のこともある。当分の滞在は避けられまい」

マージョリーは、笑みが口の端《はし》に浮かぶのを隠せなかった。

「ふう、ん……」

「キィーヒヒヒッ、言い訳ができてよかったなあ、我がブッ！」

「馬鹿《ばか》言ってんじゃないの。戦いが、ド派手な戦いがあるかもしれない、ってことよ！　ここで初めてあいつの話を聞けたってことにも、なにか意味があったのかもしれないでしょ？」

マルコシアスも、今度は茶化《ちゃか》さなかった。

いつしか双方《そうほう》四人、沈黙する。

と、
マージョリーが顔を上げた。

「ん、爺《じじ》いどもが、坊《ぼう》やと接触したってさ。特別ゲストも連れて、作戦会議がしたいって」

シャナは、言ったマージョリーが僅《わず》かに同情するほどの狼狽《ろうばい》を、その顔に表した。

怯《おび》えを必死に隠そうとする契約者の代わりに、アラストールが答えた。

「あの〝探耽求究《たんたんきゅうきゅう》〟による十重二十重《とえはたえ》の罠《わな》だ、まともに手口を探ったとて明かせようはずもない。いささか以上に癪《しゃく》だが……坂井悠二《さかいゆうじ》の意見を聞くとしよう。よいな、シャナ」

シャナは小さく小さく、答えた。

「……うん」

「じゃ、付いてきて」

マージョリーが〝グリモア〟の進路を変え、紅蓮《ぐれん》の双翼《そうよく》が後に続く。

迫る気配は、ずいぶんはっきりと感じられるようになっていた。


旧依田《よだ》デパートの一フロア、玩具《おもちゃ》の山の中に形作られた御崎《みさき》市の精巧《せいこう》な箱庭『玻璃壇《はりだん》』に、マージョリーの声が響く。

《ケーサクは着いてるわね？》

それは、宙《とも》に点った群青《ぐんじょう》色の炎《ほのお》の中から届いていた。

「はい、たった今」

答えたのは、市街地で一番高いビル……つまり、この旧依田デパートを模したミニチュアの上に胡坐《あぐら》をかいて座った田中栄太《たなかえいた》である。

「それで姐《あね》さん、また前みたいな防御《ぼうぎょ》用の自在法が周りを囲んでるんですけど、なにかあったんですか？」

言う彼の体の周囲には、群青色に光る自在式でできた、フラフープのような輪っかが浮かんでいた。

《まあね。直接の被害はないけど、念のためよ。すぐ集合するから、準備しときなさい》

これは〝紅世の徒《ぐぜともがら》〟の行う干渉《かんしょう》から身を守るための防御陣《じん》で、自動的に起動するよう仕掛けてあったものらしい。親分の愛をしみじみ感じつつ、自称一の子分は大きく答える。

「はい！」

通信が切れ、田中は手の中にある付箋《ふせん》を見た。最初使ったときは直視できないほど煌々《こうこう》と輝いていたそれは、今では弱い豆電球ほどにまで弱まっている。それを袂《ふところ》に入れると、彼は俄《にわ》か大将の椅子《いす》からよいしょと飛び降りた。

「そろそろパワー切れみたいだな」

その下、模型の道路の上には、彼と同じく群青の防御陣を周囲に浮かべた佐藤《さとう》が待っていた。彼は友人と顔を合わせず、気まずそうに、

「あ、ああ」

と歯切れも悪く答える。

「なにが、ああだよ。早く上がれって。せっかくのチャンスだぞ」

これまでの経緯を頓着《とんちゃく》しない、その田中の人のよさが、かえって彼の胸に後悔の痛みを与える。数秒、待ってから、彼はようやく模型のビルに足をかけた。マージョリーから託《たく》された命令を、今度こそ実行するためだった。

そうやって田中に背を向けた卑怯《ひきょう》な姿勢で、彼は口を開く。

「……なあ、殴《なぐ》らないのか」

田中はいつもの、マージョリーとこの二人で『玻璃壇《はりだん》』を見る際のビルに登り直している。

こっちは他意なく背を向けて、軽く答えた。

「その内、気に食わないことがあったら、思いっきりな」

対して、佐藤《さとう》は重く言う。

「今、殴《なぐ》れよ」

「今は急いでるんだろ、姐《あね》さんたちが着いちまう、早くしようぜ」

「……」

田中《たなか》の方が正しい。

それがますます、佐藤の劣等感を煽《あお》る。彼が許してくれることを済まなく、しかし悔しく思いながら、佐藤はビルの上に上がった。いつもマージョリーが、憧れる強い女性が立っていた場所から、遙《はる》かに劣る少年は、新たにもらった付箋《ふせん》を手に、

「……『所を、テンガイに、移せ』！」

一言一言、間違えないように言い、確かめるように念じた。

言葉を受け、またそこに込められたマージョリーの意志を受け、宝具《ほうぐ》『玻璃《はり》壇《だん》』が小刻みな鳴動を始める。

「つわ!?」

佐藤が叫んで見る間に、ガタガタと箱庭を囲んでいた玩具《おもちゃ》の山全体が、崩れてばらけた。

震源地である箱庭も、自身を構成していた玩具を、拘束から解き放った。その場から重力が

消えたかのように、玩具の部品が無数一斉《いっせい》に浮き上がる。

田中もその中で浮かび、叫ぶ。

「なんだ!?」

「お、俺は言われたとおりに――」

また失敗したのかと焦《あせ》り、宙でもがく佐藤の足元から、真っ白な光が湧《わ》き出た。

ボン、と周囲の玩具を弾《はじ》けさせて中から現れたのは、両掌《りょうて》ほどの大きさをした、丸い金属の板だった。それは宙を、くるりくるり不規則な速さと軸《じく》を持って回っている。片面は複雑な紋《もん》様《よう》の浮き彫り、もう片面は平坦《へいたん》に輝く鏡となっていた。

二人はこれを、歴史の教科書で見たことがあった。

「銅鏡《どうきょう》、ってやつか……?」

その古形の美しさに、佐藤は思わず呟《つぶや》く。

田中も、同じくその輝きに目を奪われ、言う。

「これが……『玻璃壇《はりだん》』の本体?」

やがて、その浮遊の中、銅鏡『玻璃壇《はりだん》』は突然、浮遊の力を突風のような強く速い流れに変えた。無数の玩具と佐藤田中を混ぜてそれは渦《うず》巻き、最後に破裂《はれつ》にも似た光が溢《あふ》れ、
二人は屋上に居た。

打ち捨てられた遊園地が、その一面に広がっていた。

破れた丸テント、錆《さ》び付いた汽車のレール、朽《く》ちて油の染《し》みを広げるカート、雨水を溜《た》めたアイスボックスなど、古びた夢の残骸《ざんがい》が、冷たい夜風に叩《たた》かれ、佇《たたず》んでいる。

「えっ」

「ど、どうなって……」

呆然《ぼうぜん》とその中に立つ二人の傍《かたわ》らに、光り輝く『玻璃壇《はりだん》』が浮いている。

その鏡面には、さっきまでは空白だった像が結ばれていた。しかも、面の回る先を映していない。それは、遙《はる》か高みから見下ろした、御崎《みさき》市の像だった。

また突然、回転が止まる。鏡面を天蓋《てんがい》、つまり空に向けて。

ガキン、

「っわ!?」

と驚いた佐藤《さとう》の傍らの鉄パイプが折れ曲がった。

ガボッ、

「とはっ?」

と飛びのいた田中《たなか》の前でコンクリートが砕《くだ》けた。

驚く二人の周囲、丸テントのビニールシートや骨組み、レールと枕木《まくらぎ》、ばらけたカート、アイスボックスのガラス等々、屋上にあった、二人を除く全《すべ》ての物体が、再びの箱庭を形作る材料として変形してゆく。

　接合は絶妙に隙《すき》なく、再現は精巧《せいこう》に狂いなく、たちまちの内、ものの一分と立たない間に、箱庭にあったものと寸分違《たが》わない、しかし材料だけが違う箱庭が、屋上に形成されていた。

　銅鏡《どうきよう》の光は依田《よだ》デパートの模型の中に収められ、彼らを取り巻く自在法の他《ほか》は、ビル周囲の僅《わず》かな街明かりだけが、この見事なミニチュアの輪郭《りんかく》を薄く浮かび上がらせている。

「……すげえ」

「ああ、すげえ」

　佐藤と田中は〝紅世《ぐぜ》〟の宝具《ほうぐ》の力を、芸のない感嘆で讃《たた》えた。

　と、田中が、夜空に光点が二つ近付いてくるのに気付き、言った。

「姐《あね》さんが帰ってきたぞ。もう一人、赤いのもいる」

「向こうからも他《ほか》のフレイムヘイズと……あと〝ミステス〟の男……だったか？」

　佐藤も河川敷《かせんじき》の方から飛来する光を見つけた。僅かな恐れと憧れを混ぜて、田中に訊《き》く。

「どんな、奴《やつ》らなんだろうな」

「すぐ分かるさ」

　そして数秒、彼らは集《つど》った。

4　激動

マージョリーとマルコシアス、カムシンとベヘモットは、きょとんとして、一同の対面する様を眺めていた。

その四人を除いた面々は、互いのことを信じられない顔で見回している。

しばらくして、

「なんで佐藤《さとう》と田中《たなか》がここにいるんだ？」

半ば咎《とが》めるように、坂井悠二《さかいゆうじ》が口火を切った。

返したのは佐藤啓作《けいさく》である。

「そっちこそ、フレイムヘイズと〝ミステス〟だって？　吉田《よしだ》ちゃんまで？」

吉田一美《かずみ》が驚いて訊《き》く。

「坂井君が、その〝ミステス〟だって知ってたんですか？」

「いや、〝ミステス〟ってことだけで、誰かは……それより、平井《ひらい》ちゃんがフレイムヘイズ？」

田中栄太《えいた》がこめかみに両手の人差し指を当てて訊き返す。

「なんでこいつらがこんなところにいるのよ!?」

シャナがその親分に怒鳴《どな》る。

「……知り合い、だったわけ？」

「世間ってな狭《せめ》えなあ、オイ」

マージョリーとマルコシアスは一同を眺めて呆《あき》れ声を出した。

「貴様ら、なにを考えてこの二人を巻き込んだ」

アラストールがシャナのペンダントから言って、佐藤《さとう》と田中《たなか》、吉田《よしだ》を驚かせた。

「ああ、ちょっと落ち着いて、皆さん」

カムシンが、混乱した状況の仲裁《ちゅうさい》に入る。

「ふむ、とりあえず、我々も含めたお互いの紹介と、立ち位置の確認をしようではないか。特にその五人は、お互いが知らぬ部分で、な」

ベヘモットが言って、互いは黙った。

さらにカムシンが一言だけ、付け加える。

「ああ、できることなら、早めに」


「これで池《いけ》がいりゃ、弁当が食えるな」

周りに自在法を浮かべた田中が、自分の指定席であるミニチュアのビルをよじ登りながら、いきなり知った全《すべ》てへの感想を漏《も》らした。

別のビルの上に座る悠二《ゆうじ》は、血を吐《は》くような苦悩を越えて吉田に告げたばかりの秘密を、あまりに呆気《あっけ》なく広めることになった状況に脱力していた。

「案外、驚かないんだな」

田中と道路を挟んだビルに座った、やはり自在法に守られた佐藤は、悠二に複雑な感情を込めた視線を向ける。

「驚くっていうか……なんというか俺《おれ》たち、実は『謎の〝ミステス〟の少年』には憧れたりしてたんだ。無限の命を持ってたり、フレイムヘイズと対面張って作戦を立てたり、俺たちにはない力を持ってたり……」

言ってから、また後悔して謝る。

「……すまん、勝手なこと言って」

「いいよ。変に同情とかされるより、そっちの方がまだ……」

悠二が視線を僅《わず》か向けたのに気付いて、田中が心配げに言う。

「吉田ちゃん、大丈夫かな」

「俺達は、シャナちゃんになってからしか、平井《ひらい》ちゃんとは知り合いじゃなかったから、まだいい……いや、良くないけど……」

佐藤《さとう》は、なにを言っても墓穴を掘りそうな自分に嫌気《いやけ》がさして、黙った。

悠二《ゆうじ》も特に咎《とが》めることなく、沈黙する。

「……」

吉田《よしだ》はカムシンの傍《かたわ》ら、低いビルの上に、膝《ひざ》を揃えて小さく座っていた。彼女の友人だった、平井ゆかりが既《すで》に家族ごと喰われ、シャナというフレイムヘイズに入れ替わっていた、という事実は、彼女にとっては大きな衝撃《しょうげき》だった。

（やっぱりさっきの、お互いの紹介でそのことは伏せておくべきだったんだろうか）

と悠二は後悔する。しかし、ならなぜ平井《ひらい》ゆかりがフレイムヘイズ・シャナなのかということを説明できない。正直、悠二としては、佐藤や田中《たなか》に自分の正体を吐露《とろ》することだけで頭がいっぱいになっていて、そっちについてはシャナが口にするまで忘れていたのだった。

シャナは、その手の気遣《づか》いをする柄《がら》でもないから、当然口にした。その説明で吉田が衝撃を受けた様子に驚いた顔をしていたから、

（本当に他意なく話したんだろうな）

と悠二は思う。

そのシャナは説明を終えた後、悠二から少し離れた高いビルの上に登り、目を閉じて座ったまま動かなくなっていた。眉《まゆ》をきつく顰《ひそ》めて、黙りこくっている。

（……怒ってる、のかな、やっぱり）

悠二とシャナは、ここに来てからまだ一言も声を交わしていなかった。あの別れ際のこともあって、お互い微妙に触れ難い、緊張と距離を感じ合っていた。

程なく、マージョリーが旧依田《よだ》デパートの模型上から傾注《けいちゅう》の声をかける。

「さあ、面倒くさい話は終わったわね。坊《ぼう》や……じゃなかった」

シャナにじろりと灼眼《しゃくがん》で睨《にら》まれて、マージョリーは言いなおす。

「ユージ、始めて」

「……ああ」

吉田を心配しつつ、シャナを気にしつつ、悠二はビルの上に立った。予想外に顔見知りが揃っているため、心境は複雑ではあったが、特に緊張することもない。

「吉田さんが――」

言った吉田がこっちを見たことに、ややほっとしながら続ける。

「――この街に本来の安定を取り戻すための雛形《ひながた》みたいなもの……調律のモデルにする、イメージを提供してくれたって言ったよな？」

悠二は嫌いなカムシンには呼び捨てタメロをきく。

カムシンはもちろん気にせず答える。

「ああ、その通りです。様々な欠落によって歪《ゆが》んでしまったこの街を、彼女が抱《いだ》く安らぎの姿へと近づけ、矯正《きょうせい》し、安定させる……そうすることで住まう人々の違和感を和《やわ》らげるのが、つまりは調律という作業です」

悠二《ゆうじ》は頷《うなず》く。

「僕はここに来る直前、吉田《よしだ》さんと河川敷《かせんじき》で会って、驚いた。彼女が、あの誰もがボーっと……なってる」

言った悠二と、吉田と、シャナと、恐らくはアラストール、そして他《ほか》の面子《メンツ》も、低いビルの端《はし》に座らせている女性を見た。

浴衣《ゆかた》を着たその女性・坂井千草《さかいちぐさ》は、視線を返すこともなく、ただ虚《うつ》ろな視線を前に向けている。吉田が助けを求めて、カムシンが運んできたのである。

街中の人々があの状態になっている、そのことへの怒りと危機感を持ち、しかしそれゆえに悠二の頭脳はどんどん冴《さ》えてゆく。

「その状態の中でも、吉田さんはなんの影響も受けていなかったからだ。これはたぶん、彼女を一部としている自在法が、連中の仕掛けに、そのまま使われているからだと思うんだ」

「ああ、それは私も同感です。〝探耽求究《たんたんきゅうきゅう》〟は巨大な自在法を改めてかけたのではなく、我我の調律になんらかの細工をして、自分の実験に利用している、ということでしょう」

吉田がカムシンの推測に頷く。彼女は、この異変が起こってからずっと、自分のイメージを元にしたものに、なにか余計な力が働き、歪《ゆが》められていると感じていた。

ベヘモットは、やや不審の響きを持って唸《うな》る。

「ふうむ、調律の起動と同時にそれを乗っ取り、好き勝手にこの街の歪みを操っている、というところまでは儂《わし》にも分かるが……あの〝探耽求究《たんたんきゅうきゅう》〟自身ではない〝燐子《りんね》〟程度の技巧や力で、ここまで器用な真似《まね》ができるものじゃろうか」

「うん、そこが分からない。僕も感じて分かるけど、あそこにいる〝燐子《りんね》〟は、御崎《みさき》市駅以外に力をほとんど伸ばしてない。フレイムヘイズの攻撃や接近に対して撹乱《かくらん》を行う、その行為だけに集中しているんだと思う。この宝具《ほうぐ》……『玻璃壇《はりだん》』だっけ、使える?」

一番高いビルに仁王立《におうだ》ちするマージョリーが頷き、子分に命令する。

「出したげて」

親分として、子分にも格好を付けさせてやろうという思いやりを受けた……具体的には簡単な操作方法を教えられた田中《たなか》が答えて言う。

「はい、姐《あね》さん。『出ろ』!」

その手にある付箋《ふせん》が最後の力を振り絞《しぼ》って、新たな材料で作られた『玻璃壇《はりだん》』の上に、一斉《いっせい》に人影を映してゆく。ミサゴ祭りの日ということもあって、歩道から車道から(これは撹乱の際の交通渋滞《じゅうたい》のせいだが)異常な数の人々で溢《あふ》れかえっている。マージョリー一味以外は、驚きをもってこの光景に見入った。

簡略化された人々の映像、その全《すべ》てが棒立ちになっていて動きを見せない。ただ、外周部、平静の波が影響を及ぼさない場所での動きが慌《あわただ》しい。

「今回は封絶《ふうぜつ》の中じゃないし……まずくないかな」

悠二《ゆうじ》の懸念《けねん》の声には、シャナが答えた。

「大丈夫、見てきた。中の様子がおかしいと思った連中は、全部あの平静を呼ぶ波に襲われて、止まった街の様子を当然だと思うようになるから、大きな騒ぎにはならない」

「そうか、良かった」

「うん」

シャナは、自分の調査結果を悠二が普通に受け取ってくれた、役立ててくれたことに、冷静沈着を装った顔の奥でほっとする。

マージョリーが目線だけで、佐藤《さとう》に促す。

佐藤は張り切って——といっても付箋《ふせん》を手に命令するだけだが——言った。

「もういいよな。次、行くぞ……『〝存在の力〟の流れを映せ』！」

途端、街を埋め尽くしていた人型が消えて、不気味《ぶきみ》な灯火が疎《まば》らに残された。これらは全《すべ》て〝紅世《ぐぜ》の徒《ともがら》〟に喰われた人間、その残り滓《かす》から作られた人間の代替物《だいたいぶつ》・トーチだった。

吉田《よしだ》は、つい悠二を見てしまった。

彼女にとっては悪いことに、悠二もそれに気付いて、見返してきた。しかし彼の目には非難がましい色はなく、少し哀《かな》しい微笑の欠片《かけら》だけがあった。

それが、彼女の胸を非難よりもさらに締め付ける。辛《つら》さだけではないもので。

悠二はすぐに自分の全《すべ》てを動員すべく、地図に目線を落とした。

地図にはいつしか、染《し》み出すように自在法の流れと自在式が表示されていた。

「すごいな……これが〝存在の力〟の眺めか」

感じるだけだったものを視覚に映す不思議さに、悠二は嘆声を上げた。

佐藤と田中《たなか》は、僅《わず》かに虚《むな》しい優越感を抱《いだ》きつつ説明する。

「前の〝愛染《あいぜん》の兄妹《きょうだい》〟のときとはかなり違ってる。あのときは、建物の中から外から、お構いなしに根っこみたいな自在法がグチャグチャに張り巡らされてたんだ」

「ああ。少し見りゃ分かるけど、今度の自在式は、どうも人通りの多い道路に沿って、同じパターンがずっと並んでる感じだな」

カムシンは、この自在式の広がりに納得の溜《た》め息を吐《つ》いた。

「ああ、なるほど。ここまで大規模な自在式が張り巡らされていたら、あちこちに妙な気配が感じられるのも道理ですね。私たちの配置した〝カデシュの血印《けついん》〟もこの中に混じっているはずですが、近づこうとすると、例の撹乱《かくらん》を受けてしまうのですよ」

全員、その説明を聞きながら自在式に覆《おお》われた御崎《みさき》市を眺める。

大通りから商店街、繁華街《はんかがい》に駅前など、明らかに人通りが多いと思われる場所に、規則正しく複雑な紋様《もんよう》が配置されていた。ただ奇妙なのは、

「河川敷《かせんじき》がガラ空《あ》きだ……？　この場所こそ人通りが多いはずなのに、なぜだろう」

悠二《ゆうじ》に言われて皆が注目すると、たしかに河川敷《かせんじき》には全くといっていいほど、自在式の紋様《もんよう》は見られなかった。人通りが多いところ、という条件は、これでは当てはまらない。

「あの真ん中のはなに？」

シャナが、河川敷のちょうど中央にある物に注目し、訊《き》いた。

悠二はそれを見て、軽く答える。

「花火を打ち上げるための浮き船だよ」

答えてから、首を捻《ひね》った。

その、川の中に浮かぶ艀《はしけ》（『玻璃壇《はりだん》』はこれも再現していた）からも、やけに密度の高い自在式が発生していたのだった。言うまでもなく、ここには人通りとの関連性は見られない。

「花火が歪《ゆが》んだのは、これのせいか」

田中《たなか》があの不気味《ぶきみ》な光景を思い出し、忌々《いまいま》しげな声を出した。

カムシンが顎《あご》に手を添える老成した仕草《しぐさ》で言う。

「ああ、我々が起動した自在式から制御《せいぎょ》を手放した、その一番最初に、この密集した自在式が反応して、歪みを生み出したのですね」

「ふむ、それで、坂井《さかい》悠二君。現状の確認が終わったところで、君がお嬢《じょう》ちゃんになにをさせたかったのか、教えてもらえるかの？」

悠二は、平井《ひらい》ゆかりの件で落ち込む少女への気遣《きづか》いのない、調律師たちの無遠慮な質問にむかっ腹を立てた。が、そもそも彼らの言う提案をしたのが自分であることも思い出す。吉田《よしだ》の方を窺《うかが》うと、彼女は心を奮い立たせる、その気持ちも顕《あらわ》に見つめ返している。

確かに時間もない。教授の位置は、もう相当に近くなっていた。

悠二はようやく、重い唇《くちびる》を開いた。

「……いいかい、吉田さん」

わざわざ確認し直すと、吉田は動揺の中でも強く、頷《うなず》き返した。

「はい、大丈夫です」

（……）

シャナは彼の、自分に向けられたことがない（と彼女は思った）労《いた》わりの姿を見て、

（……私のときは、こわごわ訊くくせに）

と思った。思わずにはいられなかった。

悠二の方は、そんなもう一人の少女の仕草には気付かなかった。吉田に、この件に参加させるという最低限の、しかしできればやりたくなかった確認をして、ようやく本題に入る。

「実は、調律について詳しく聞いてる内に思いついただけで、実際にできるかどうか、効果があるかどうか、分からない。それでも、やってくれる？」

「はい。もう、ここまで来たんだから、そんなこと言わないでください」

吉田は、少し笑ってさえ見せた。

悠二《ゆうじ》は深く頷《うなず》き、言う。

「僕は、もう一度、吉田《よしだ》さんに調律の元になるイメージを写し取る作業を、やってもらいたいんだ」

「えっ……？」

声に出した吉田だけでなく、フレイムヘイズたちも驚いていた。

彼らにとっての調律とは通常、イメージを採取した後に行われる、自在式起動による実行の方を指す（調律師ごとにやり方は違うが）。協力者を得てのイメージ採取は、その材料の一つ程度にしか思われていなかった。しかし確かに、吉田に協力を求めるというのなら、この作業しかない。

「んなことしてなんになるのよ？　もう実際におかしくなっちゃってるのに」

マージョリーが、彼女らの常識としてはもっともな疑問を口にした。

悠二は頷いて、自分の想像を考え考え言葉にしてゆく。

「それなんだ。たしか、イメージを写し取る『カデシュの』～」

カムシンが補足する。

「ああ、『心室』です」

「そう、その『寝室』でもう一度、元のイメージを持った吉田さんに、今の御崎市を……どこがどう違っているのか、感じてもらうんだ」

「……」

さすがの『儀装《ぎそう》の駆《か》り手』、最古のフレイムヘイズの一人が意表を突かれ、言葉を失った。

たしかに、元のイメージを改変されているのだ、その本来の保持者なら前後の違い、なにが変えられたか、感知できるかもしれない。用済みになった人間に、通常の規定以上の協力を求めるということを、巻き込むことと同義であると解釈して避けてきた彼には、思いもよらない発想だった。

「それさえ分かれば、全体の仕掛けも、連中の本当の狙《ねら》いも、見えてくると思うんだ」

「ああ、なるほど」

カムシンの返答は、悠二の提案への納得であると同時に、たしかにシャナやマージョリーが高く買うだけのことはある、という評価の一端でもあった。

「ふむ……たしかに、やってみてもよいな」

彼と心を重ね、思考を一《いつ》にするべヘモットも言う。使命を習慣以上に、生きる形としてきた彼らがいつしか囚《とら》われていた固定観念をあっさり壊《こわ》した少年を、彼らは密《ひそ》かに賞賛していた。

マージョリーも感心しつつ、自分の目利《めき》きが間違っていなかったことに満足する。

「ふーん、やっぱりやるじゃない」

「ヒヒヒ、こーりゃいよいよしっかり摑《つか》まえとくべきだなあ、嬢《じょう》ちゃん」

「なっ、うるさいうるさいうるさい！　そんなことより、早くしなさいよ！」

シャナは真っ赤になってマルコシアスに突っかかる。もちろん、その内心は悠二《ゆうじ》が有能さを証明したことへの喜びで一杯だった。しかし――しかしどこか、それが自分だけの密《ひそ》かな事実でなくなってしまうことに、奇妙な寂しさも覚えていた。

そんなシャナの誤魔化《ごまか》しを額面どおりに受けて、カムシンがさっそくと吉田《よしだ》に振り向く。

「ああ、そのとおりですね。時間もありませんし……よいですか、お嬢《じょう》ちゃん?」

「はい」

吉田は答えつつ、悠二を見て勇気を貰《もら》い、

「お願いします」

強く答えた。

「ああ、では……」

カムシンは、肩に担《かつ》いでいた布巻き棒から布を取り払い、鉄棒を取り出した。さらにフードを取って素顔を晒《さら》す。編んだ髪が一房、背中に垂れた。

悠二や佐藤《さとう》、田中《たなか》は衝撃《しょうげき》を受けた。

唇《くちびる》を縦《たて》に走るものを始め、その幼い顔は、どこもかしこも傷だらけだった。褐色《かっしょく》の瞳の凛々《りり》しさや、元の端正《たんせい》な顔立ちがあるだけに、余計にその姿は凄惨《せいさん》に見えた。

「ああ、お嬢ちゃん、少し離れて……そう、道路の中央あたりでいいでしょう」

吉田は言われたとおり、ミニチュアの大通りの中央に立った。

その前、少し離れて、カムシンが立つ。

屋上の夜風に晒《さら》される、不気味《ぶきみ》なトーチと自在式の表示される箱庭の中、体積と質感から持てようはずもない鉄棒を片手で軽々と振りかざす、傷だらけの少年。

恐ろしく不自然で、しかしどこか美しい、そんな眺めの中、少年は告げる。

「さあ、始めましょうか」

指揮棒のように軽く、実際には強く重く、風を切って振り下ろされる長大な鉄棒の周囲から突然、褐色の炎《ほのお》が湧きあがった。

(吉田さん!?)

悠二始め、佐藤や田中も思わず叫びかける。

その彼らの眼前、殺到した褐色の炎が、決死の表情で待つ吉田一美《かずみ》を包み込んだ。それは渦《うず》巻いて噴《ふ》き上がり、彼女の姿を内に隠す。やがて炎の渦は球形になり、細部を徐々に明確にしてゆく。ゆっくりと規則正しく脈動を始めるその姿はまるで――

「心臓……うわっ!?」「――っえ!?」「おおっ!!」

ババババッ!

現れた光景に思わず叫んだ悠二と佐藤と田中の眼前で、群青《ぐんじよう》色の閃光《せんこう》が起こった。

「その三人、見たら死刑ね」

「ヒヒヒ、脅《おど》しじゃねーぞお」

マージョリーとマルコシアスの声に、目を瞑《つむ》った三人は体ごと後ろを向いた。

注意しようとして出遅れたシャナも、『弔詞《ちょうし》の詠《よ》み手』への複雑な感謝の表情とともに、浮かべかけた腰を再び下ろす。

悠二《ゆうじ》ら三人が背を向けた、脈動する『カデシュの心室』の中、肩を抱《だ》いて浮かぶ吉田《よしだ》一美《かずみ》は、一糸まとわぬ姿をしていたのである。

カムシンは余計な騒ぎには構わず、冷静そのものの声を目の前の少女にかけた。

「ああ、さて、お嬢《じょう》ちゃん、聞こえますか」

「はい……あれ、どうして坂井《さかい》君、後ろを向いて……?」

心室の内にある彼女には、自分の姿への自覚はない。

「ふむ、まあ、気にすることはない。それより、すぐ始めるが、よいかな」

「はい」

以前と同じく、吉田は静かに目を閉じた。自分の周囲で、炎《ほのお》が小さな渦《うず》を上げて凝縮《ぎょうしゅく》してゆき、褐色《かっしょく》の星空となるのを感じる。

「ああ、ここからが本番なわけですが……どうです?」

「はい」

もう一度答えつつ、街の姿を感じようとした。

しかし、心で触れようとする、かつてカデシュの血印《けついん》を通じて得ていた街の姿に、奇妙な違和感がある。まるで、自分のよく知っている、そらで描けるほど馴染《なじ》んだ絵に、余計な落書きや切り張りをされたような、とても嫌《いや》な感じだった。

こっちがさらに心を凝《こ》らして捉えようとすると、誰かがその凝らした心を融《と》かし、勝手に落書きの絵の具に、切り張りの絵にしてしまうような、とても酷《ひど》い感じだった。

その感触を、なんとか言葉にする。

「なんでしょう……私が、そこに気持ちというか、心？　そんなものを向けると、誰かが別のものに変えてしまう、そんな感じです」

カムシンは再び顎《あご》に手をやって考え、やがて思い当たる。

「ああ……そうか、坂井悠二《ゆうじ》君の言ったこと、そのままだったのですか」

「えっ」

「悠二！」

「はい」

振り向こうとしてシャナに怒鳴《どな》られた悠二へと、カムシンは言う。

「ああ、つまりですね、〝探耽求究《たんたんきゅうきゅう》〟が街中に張り巡らせた自在式には、我々が使う力を利用して起動し、効果を発現させるという機能があるのですよ」

マージョリーが不審気に眉《まゆ》を顰《ひそ》める。

「こっちの力を利用……？　〝存在の力〟と自在式が分かれてるっていうの？」

彼女は、数百年の戦歴を持つ自在法の使い手・自在師だが、その彼女でさえ、エネルギーである〝存在の力〟と、それに方向性を持たせ効果を発現させる装置・回路である自在式が同一のものであると思いこんでいた。

というより、実は彼女ほどに優れた自在師だと、自在法を行使する際、『任意の現象を起こす式の構築』、『式の空間への発現』、『現れた式への〝存在の力〟の充塡《じゅうてん》』、『起動の命令』、という複雑で高度な流れを一瞬で行ってしまうため、むしろその自覚が持てないのである。

「ああ、あり得ない話ではありません」

その点、カムシンとベヘモットには、彼女をも超える歳月の積み重ねによる知識、さらには〝探耽求究《たんたんきゅうきゅう》〟ダンタリオン主従との直接の交戦経験もあった。改めて材料を提示されると、たしかに思い当たる節《ふし》がある。

「彼は人間との交流も長く、中世には自在式のみの研究を人間と共同で行っていました。ただ、式それ自体にはなんの力もないため、誰も注目しなかったのです。我々〝紅世《ぐぜ》〟の関係者は誰もが、自然に使える『自分の力』の方を優先しますから」

「ふむ、かの天才〝螺旋《らせん》の風琴《ふうきん》〟がその幾つかに注目し、自動的に〝存在の力〟を込める自在式として編《あ》み直すまでは、実際ただのガラクタじゃったしな。今とて、その埋もれた価値を発掘したり、まして研究などを試みたりする酔狂《すいきょう》な輩《やから》はおるまい。なんといっても、〝徒《ともがら》〟は自侭《じまま》に暴れ、フレイムヘイズは目先の復讐《ふくしゅう》に走るものじゃからの」

ポカンとする悠二《ゆうじ》たち部外者に、マルコシアスが（嫌《いや》な名前を聞いたため）多少忌々《いまいま》しさを込めつつ解説してやる。

「よーするに、自在式は『譜面《ふめん》』、自在法は『歌』ってことよ。封絶《ふうぜつ》みてえにミナミナ知ってる名曲ってな例外で、ほとんどの奴《やつ》ァ、他人の譜面読んで歌うより、気楽な自前の鼻歌を選ぶのさ。我が妙《たえ》なる歌姫、マージョリー・ドーは即興で名曲歌っちまうから譜面なんてほとんど読めブッ」

マージョリーが〝グリモア〟を叩《たた》き、話をまとめる。

「ご賞賛ありがと。で、そのご本家〝探耽求究《たんたんきゅうきゅう》〟が、私たちの使う〝存在の力〟を勝手に流用できる自在式を作ってたわけね……そういえば」

ふと、気が付いた。

「駅前でこっちの浮遊を乱されたとき、駅に取り付いてる〝燐子《りんね》〟は、ほとんど〝存在の力〟を使ってなかったわ。さっきユージが言ったみたいに、その式を起動させる命令だけ出して、実際の動力はこっち持ちだったんだわ」

自在師たちの会話から、シャナも納得を導き出す。

「そうか。駅に籠《こ》もっているのが〝徒〟本人じゃない〝燐子《りんね》〟なのに、こんな大きな式を展開させたままにしておけるっていうのも、それが理由だったんだ。それじゃ、あの人間を平静に戻す力はなんなのかしら」

それには調律師の二人があたりを付けた。

「ああ、それは分かります。おそらくは、調律の副作用でしょう」

「ふむ、〝探耽求究《たんたんきゅうきゅう》〟一味に制御《せいぎょ》を奪われたものの、それとは関係のない式の一部が生きておる、というところかの。本来は歪《ゆが》みを修正する機能の一環としてもたらされるはずの平穏の波が、一向に直らない歪みに延々、反応し続けておるんじゃろう」

さすがに腕利き揃いだ、と聞いていた悠二《ゆうじ》は心中で舌を巻いた。彼は手がかり一つしか与えられなかったが、それさえあれば、彼らは自力で解を得てゆく。

もうそろそろ核心に迫ってもいいだろう、と悠二は背中を向けたまま吉田《よしだ》に訊《き》いた。

「吉田さん、そのタンタンキュウキュウの仕掛けがどこに隠してあるか、わかるかな」

「は、はい……」

なぜ彼が背を向けているのか訝《いぶか》りつつも、吉田は再び違和感の根源を探る。どこかに感じて、どういうものなのかを摑《つか》んでから、ふと気が付く。

「あ、あの……分かるんですけど、どう言ったらいいんでしょう?」

「ふむ……そうじゃな、『玻璃壇《はりだん》』を使ってみるか」

「ああ、そうですね」

ベヘモットの提案を受け、カムシンは手にした鉄棒の先で、ゴン、とミニチュアの路面を叩《たた》いた。途端、

「見えた――！」

シャナが灼眼《しゃくがん》を瞠目《どうもく》させた。

アラストールも唸《うな》る。

「むう、これか」

吉田の違和感に連動して、『玻璃壇《はりだん》』のミニチュアの中、褐色《かっしょく》に光り始めた物があった。

マージョリーは、ここ最近、街でよく見かけた物体のミニチュア――気になって佐藤《さとう》と田中《たなか》に訊いたところでは、街のシンボルとして夏中は飾られたままになるらしい――を、伊達眼鏡《だてめがね》に映した。

「ははあ、なるほどね」

それは、ミサゴ祭り開催のため市のあちこちに取り付けられた、鳥の飾り。

「この妙ちきりんな鳥の張りぼてに式を刻んでたのか。たしかに、祭りに際して持ち込んでたら、誰も気付かねえなあ」

マルコシアスは戦機の到来を感じ、ジワジワと声に張りを持たせつつあった。

カムシンとベヘモットも、ようやく得心が入って頷《うなず》いた。

「ああ、川中の艀《はしけ》にたくさんあったのはそういうことだったんですね。あそこの外装は、飾り付けだらけになっていましたから」

「ふむ、自在式を入れた鳥の看板《かんばん》を作って、人間の業者にその配置と取り付けを発注しておけば、相手を絡《から》めとる包囲網は自然と完成、あとは起動の指令さえ送ればいい、というわけじゃな。さすがに〝探耽求究《たんたんきゅうきゅう》〟は世事《せじ》に長《た》けておるわ」

「でも」

と、その中でシャナが言った。

「どうやって、この仕掛けを壊《こわ》す？　気付かれたら、また撹乱《かくらん》されるだけじゃないの？」

一同が黙った。

根本的な問題が残っていた。

攻撃しても、すぐひん曲げられてしまうのである。

「一個二個までは壊せるだろうけど、一旦《いったん》気付かれたら警戒されて、その後はなにもできなくなるんじゃない？　駅前とかには飾りの数も多いし、それでなくても、駅舎《えきしゃ》は警戒が厳しくて近付くことさえできないんだから」

「――？」

ふと、シャナの言葉に佐藤《さとう》が首を傾げた。

それを他所《よそ》に、アラストールが実行の厳しさを示す。

「うむ、そうでなくとも、時間に余裕《よゆう》がない。程なく〝探耽求究《たんたんきゅうきゅう》〟が着いてしまう。奴《やつ》がなにを企んでいるかは知らぬが、どうせろくなことは起こるまい。なんとしても阻止《そし》せねば」

マージョリーが強硬派として提案した。

「やっぱ、駅を丸ごと全部ぶっ飛ばす？」

「大きな力を使おうとしたら、絶対に勘付《かん》かれるよ。それより、できるギリギリまで駅に近付いて、不意打ちで周囲の飾りだけ壊して司令部である駅の中に突っ込む、ってのは？」

悠二《ゆうじ》の手の込んだ代案は、カムシンが却下した。

「ああ、それは無理ですね。駅前の飾りは多すぎます。いっそのこと、外周部の飾りを破壊して包囲を突破、〝探耽求究《たんたんきゅうきゅう》〟を先に討滅《とうめつ》、というのではどうでしょう？」

「そうなったら、残った〝燐子《りんね》〟になにされるか分からない。下手《へた》すれば、外に出た者は出たまま、中に籠《こ》もった者は籠もったままの籠城《ろうじょう》戦になる」

シャナが最後に否定して、全員が考え込んだ。

もう〝探耽求究《たんたんきゅうきゅう》〟は近くまで迫っている。

撹乱の自在法が生きたままで彼の御崎《みさき》市への進入を許してしまえば、もうその企図の成就を食い止める術《すべ》はない。敵の最終目的以外の手札《てふだ》は分かっていたが、その手札自体に穴がない。

八方塞《ふさ》がりとはこのことだった。

「あ、あのー」

と、そのとき、

「発言しても、いいですか?」

凄腕《すごうで》の異能者たちによる喧々囂々《けんけんごうごう》の作戦会議を聞くしかなかった少年が、吉田《よしだ》に背を向けたまま、恐る恐る、手を上げていた。

マージョリーが怪訝《けげん》な顔で尋ねる。

「なに、ケーサク?」

その少年・佐藤啓作《さとうけいさく》は尋ねられて少し躊躇《ちゅうちょ》し、そしてやはり、恐る恐る、発言した。

「俺《おれ》……駅の中、入ったんですけど」


駅前に出るビルの谷間、見る限りゴミ箱と非常階段と廃材、ついでにドブの臭《にお》いにも満ちた裏道を、佐藤と田中《たなか》が息を殺しつつ進んでいた。

もちろん、いくら慎重《しんちょう》に行動しても、他《ほか》の人間たちは皆、自失状態で突っ立っている。最終的に駅の前に出れば、目立つことは避けられないだろう。それでも二人は、駅を目指して裏道をゆく。こうやってギリギリまで隠れて行くのはほとんど気休めのようなものだが、命懸《が》けの冒険をする者にとって、今は何より、それこそが必要だった。

「駅前の裏道に詳しいってのは案外、無駄《むだ》なスキルじゃないんだな」

田中が苦笑して言った。

彼は何度となく、この界隈《かいわい》をケンカの場所に、あるいは逃げ道に使ってきた。まさか街を救う突破口としてここを使う日が来ようとは、思いもよらなかった。

その隣を行く、常に彼とこの道を通ってきた佐藤啓作が、ブスッとした顔で答えた。

「なんで、ついて来たんだよ。そんなに俺が頼りにならないってのか」

声も不機嫌そのものである。彼は本来、この危険な役目を一人で背負うつもりだった。失態ばかりしていた自分の、せめてもの罪滅ぼしのつもりだった。

だというのに、田中は同行をマージョリーに求めて、ほとんど無理矢理に認めさせた。あのときの、まさに必死という剣幕《けんまく》は、今は全く見えない。どころか、気楽にさえ見えた。

「単純な話さ。一人より二人の方が確実だろ」

「……」

劣等感に揺れる佐藤には、そのこじつけのような理屈さえ正論に聞こえた。反論できずに、黙りこくってしまう。

田中は、そんな佐藤の様子をチラリと細い目で窺《うかが》い、また前に転じた。

路地の終点だった。〝徒《ともがら》〟に襲われたわけでも駅の変容に巻き込まれたわけでもないのに混《こん》沌《とん》の様相を呈する自転車置き場が、その出た先に見えた。長く放置されて、ほとんど古自転車の墓場状態のここには、今彼らがいるビルの裏手から屋根が伸びていて、駅の高架《こうか》まで数メートルという距離にまで近付ける。

田中《たなか》は路地の出口を塞《ふさ》ぐ自転車をガチャガチャと脇《わき》に寄せながら、隣で同じ作業をする佐藤《さとう》（彼が音を立てないようにしていると気付き、慌《あわ》ててそれに倣《なら》う）にボソリと呟《つぶや》く。

「それより、俺《おれ》の方こそ聞きたいぜ。なんで、あんな……」

佐藤は聞こえない振りをして、自転車を取り除ける。

田中も強いて追及はしなかった。

二人はゆっくり静かに、自転車置き場の屋根が切れる場所まで歩き、変わり果てた御崎《みさき》市駅を見上げる。どこにどんな形での目がついているとも知れない、自分達は既《すで》に監視されているかもしれない、そんな恐怖が湧《わ》いてくる。

「大丈夫。あのとき〝燐子《りんね》〟は、いきなり俺達を殺すような真似《まね》をしなかった。さっきマージョリーさんたちが話し合ってたみたいに、なにか他《ほか》の、本当の目的の方に忙しいからだと思う。とにかく俺達は、最初の一撃まで、生きてればいい」

佐藤が、マージョリーたちを説得する際に言った言葉を、魔除《まよ》けの呪文《じゆもん》のように繰り返す。

気休めってのは何度聞いてもいいもんだな、と田中は思い、頷《うなず》く。

高架《こうか》下までの狭《せま》い道路を横切って、駅から身を隠す場所を確保する——その、いろんなところで見通しが甘《あま》いという意味での冒険、ほんの数メートルの冒険が、目前にあった。

「さっきの……」

佐藤がいきなり言った。

「？」

「向こうに辿《たど》り着けたら、話すよ」

田中は、再び頷いた。


旧依田《よだ》デパートの屋上では、未だにカムシンによる『カデシュの心室』が維持され、吉田《よしだ》が違和感のモニターに当たっていた。

悠二《ゆうじ》は、その心室内で裸身《らしん》を晒《さら》す吉田の方を見ないよう気を付けながら、御崎市駅前のビルの上に立って、これから起きるはずの騒動を待っていた。マージョリーは既に、合図に合わせて攻撃を始めるため、待機位置に向かった。

彼女はその去り際、自分の胸にも足りない背丈の老フレイムヘイズに、

「作戦の第一段階の後、ちゃんと注意して。私たちを巻き込んだら承知しないわよ。あんたの攻撃は大雑把《おおざっぱ》過ぎるんだから」

と言い置いていった。

対するカムシンの答えは、

「ああ、できるだけ近付いて攻撃するようにしますよ」

という微妙なもの。

悠二《ゆうじ》は、穏やかな気配を持つ傷だらけの少年が、戦闘狂の『弔詞《ちょうし》の詠《よ》み手』にそこまで言わせるだけの力を持っていることを意外に思った。

（そういえばアラストールも、調律師が長く生き抜いているのは伊達《だて》じゃないようなことを言ってたっけ）

その彼の傍《かたわ》らに、シャナが立った。

「あ……シャナ」

相変わらず、美しくも凛々《りり》しい炎髪灼眼《えんぱつしやくがん》の少女が、ぶっきらぼうに言う。

「じゃあ、私も行ってくるから」

「うん、母さんを頼むよ」

言う内に、悠二は全く今さら、彼女が黒衣《こくい》の下に浴衣《ゆかた》を、彼女に良く似合う緋色《ひいろ》の浴衣を着ていることに気付いた。彼女も今日、縁日に行ったのだろうか、と思う。

（――「勝手に、行けばいい」――）

なんて、冷たく自分には言ったのに。そこで、

（ああ、そうか）

彼女が今から作戦の配置に付く、そのついでに安全な場所に連れてゆく（勝った後、この状況を見られたら、さすがに説明の仕様《しよう》がない）自分の母・千草《ちぐさ》に、無理矢理誘われたんだな、

と思った。母さんなら勝手に浴衣とかを用意して逃げ道を塞《ふさ》ぐくらいはやりそうだ、と普段の言動から推測する。

（あれ、でも、それじゃ）

なぜシャナはあんな、いきなり走り出して、母が慌《あわ》てて彼女を探しに行ったりしたのか。

そもそも自分が絡《から》んでいると想像できない悠二は、そこで思考を詰まらせ、また一瞬のことでもあって、より以上に深く考えを巡らさなかった。

その彼に、

「……うん」

僅《わず》かに間を置いて、シャナは答えた。また間を置いて、離れる。

「？　どうしたんだい、シャナ」

その様子を怪訝《けげん》に思った悠二は、思わず訊《き》いていた。

その背に嬉《うれ》しさの弾《はず》みが走り、しかしほんの少し、顔の端《はし》だけを振り返らせて、シャナは口を開く。ほんの僅かに見える頬《ほお》の緊張と、意を決したような声に、覚悟《かくご》が匂《にお》う。

「悠二……怒って、ない？」

（――――怒る⁉　僕が？）

悠二は心底、驚いた。

同時に、彼女が合流してからの、薄っすらと空《あ》いた距離の遠さ、その寒さが、急に氷解したように思った。不安を僅《わず》かに頬《ほお》の線に覗《のぞ》かせて、静かに自分の答えを待つ少女の様子に、もたらされた開放感からのおかしみを、急に覚える。

「……なんだ、そうだったんだ」

くすりと笑われた、そのことだけに怒って、シャナも思わず全身を振り向かせた。

「な、なにがおかしいのよ⁉」

「ご、ごめん、でも違うんだ。僕もてっきり、シャナが怒ってる……って思ってたから」

シャナはその言葉の意味に気付いた。再び表情を隠そうと伏目がちになり、躊躇《ためら》いながら、もう一度、訊《き》く。

「……怒って、ない？」

悠二《ゆうじ》は少女の不安を拭《ぬぐ》うため、はっきりと頷《うなず》いて見せた。

「うん」

そうして、照れくささを感じ、意味もなく頭を掻《か》く。

「僕の方こそ、怒鳴《どな》ったりしてごめん。でも、ついそうした理由……分かるよね？」

「あ——」

『シャナなら、自分で自分の非を理解できる』

(悠二は、やっぱり)

そんな認識を前提とした彼の答え。

フレイムヘイズとして自分が生きていることを、分かっている。分かってくれている。

シャナは灼眼《しゃくがん》に歓喜の色を、それを揺らすものをたゆたわせた。それを隠すために、遅い返事を、大きく頷いて返す。

「うん」

悠二は笑って、もう一度言う。

「母さんを頼むよ」

シャナも、もう一度頷く。

「うん」

満面の笑みを浮かべて。

しかし、
いざ向かおうとして後ろを向くと、途端に二つの気持ちが生まれた。さっきの歓喜は依然、心を大きく占めている。なのに、そんな気持ちが生まれていた。

（……どうして？）

感じるそれが、なんなのかは分かる。

しかし、なぜ生まれたのかは分からない。

あれだけ喜びを感じて、今も胸は温かいのに、
不安と寂しさが生まれていた。

（どうして、こんな気持ちになるの……？）


佐藤《さとう》と田中《たなか》は、ほんの数メートルで息を切らした。

極限の精神的疲労は肉体にも影響を及ぼすことを、まさに今二人は実感していた。

それでも、苦労分の成果はあがった。

少なくとも二人は、そう思った。

「よし、やっぱり高架《こうか》下の空《あ》き地はなんともないぞ」

田中は、幅の広い高架を支える、太いコンクリートの橋脚《きようきやく》の連なる先を見た。

彼らが今いる高架下は、この橋脚全《すべ》てを一くくりに囲んだ金網で、地上駅舎《えきしや》の端《はし》まで続いている。この中の空き地を進めば、すぐにも辿《たど》り付けるはずだった。遠目にも、駅舎を覆《おお》っているような、〝徒《ともがら》〟によるパイプやコードの類《たぐい》は見られない。

田中は自分達の潜入成功を確信して、今、その金網の上から反対側に降りる佐藤を見た。

「っと！」

佐藤が途中で飛び降り、二人は金網を挟《はさ》んで立った。

「よし、次は俺《おれ》だな」

言って金網に手をかけた彼に、

「いや、もういいよ」

佐藤が、金綱の向こうから答えた。

「……はあ？」

田中が、相棒の顔を見る。

「あとは俺がやるから、おまえは帰ってくれ」

「なに言って――」

「俺はな！」

突然叫んで、佐藤は田中の声を切った。ぽかんとする友人への懺悔《ざんげ》のように、金綱に額《ひたい》をつけて言葉を継《つな》ぐ。

「おまえが、羨《うらや》ましかったんだ」

「なにを」

「聞けよ！」

血を吐《は》くような声と共に、佐藤は金綱を揺すった。

「強くなろうとしてた、そのために鍛《きた》えてた、なのに俺はヘマばかりやって、おまえはそんな俺を許してくれる。『吸血鬼《ブルートザオガー》』だって、俺はほんの少し浮かすくらいしかできないのに、おまえは持ち上げて見せた。今日だってそうだ。おまえはマージョリーさんの指示をしっかり守って、俺はあの剣を持ち出して！」

そんな叫びを訊《き》く田中《たなか》の細い目が、少しずつ据《す》わっていく。激昂《げっこう》している佐藤《さとう》はそれに気付かない。

「マージョリーさんみたいに飛びぬけて強くない、ただの人間で同じ場所にいるのに、おまえの方がすごいって思い知らされる、俺《おれ》の気持ちが分かるか？　焦《あせ》ってたんだよ、俺は！　だってそうだろう？　俺の方が劣ってるって分かったら、そうしないと!!」

怒鳴《どな》りちらした佐藤に、ようやく田中は小声で答えた。

「それがさっきの答えか」

その声に、物騒《ぶっそう》な、本当に久しぶりに聞く怖さを感じた佐藤は突然、金網越しに頬《ほお》をぶん殴《なぐ》られた。金網自体が大きく撓《たわ》み歪《ゆが》むほどの一撃で、佐藤は失神寸前になって転がった。

「金網があれば、俺が殴れないと思ったってか？　舐《な》めんなよ」

皮を破り血を滲《にじ》ませた拳《こぶし》を振る間も数秒、田中は撓んだ金網を引っ張って直す。すぐさま強く握り、足をかけた。

「田、中……止め……」

地面に倒れて呻《うめ》く佐藤に、田中はよじ登りながら言ってやった。

「あのな、俺、今日オガちゃんに告白された」

「……？」

佐藤は、彼がなにを言っているのか理解できず、腫《は》れた頬を押さえたまま、黙った。

「いきなり居場所を引っ掻《か》き回された後、要するに姐《あね》さんに命令を受けた後だ。俺《おれ》はそんなときに、オガちゃんを家に送ったり、告白されたり、いろいろ子分としては落第なことに現《うつつ》を抜かしてた。不真面目《ふまじめ》っていや、これほど不真面目なこともないだろ」

程なく金網の頂点について、なんの躊躇《ちゆうちよ》もなく、それをまたぐ。

「許すとかどうとか言うけど、結局はただのお人よしだし、力があるってのもたまたまだ。俺はお前が勝手に思い込んでるほど、模範生でも優等生でもない。自分で分かってんだ」

制止の呻《うめ》きも無視して、田中《たなか》は下り始める。その背中越しに、また言う。

「それよりも俺は、お前の方こそ凄《すご》い、って思ってるんだぜ？」

「え？」

ようやく身を起こした佐藤《さとう》の前に、田中が立った。

「おまえは俺が苦手なこと、例えば女の子と軽く話したり、物怖《お》じせずに人と打ち解けたり、器用に周りと話を合わせたり、なんでもできるって思ってんだ。今日の事だって……俺だったら、〝徒《ともがら》〟がいるかもしれないこんな所に、一人でなんて来れねえよ。まして、一旦《いったん》追い返された後、またあの剣を持って戦おうとするなんて真似《まね》、やろうと思っても……ホレ」

金網の汚れと血の付いた掌《てのひら》を、倒れた友人に向ける。なんだか久しぶりな眺めだった。ごく自然に、その手を取ると、やはり凄い勢いで立たされた。

「ったく、羨《うらや》ましがられてる奴《やつ》が劣ってるとか言っても嫌味《いやみ》にしかなんねっての」

ブチブチ言いながら、さっさと駅の方を目指す。

そんな照れ隠しの様《さま》に、佐藤は拭《ぬぐ》う頬《ほお》を緩《ゆる》ませた。後を追う、そのついでにぼやく。

「お互い様だとしたら、俺は殴られ損か」

「殴られるようなこと言うからだ」

素《そ》っ気《け》無く答える背中に、佐藤は元通りの口調で訊《き》く。

「……ところでさ、あのオガちゃんが、どうやって告《コク》ったんだ？」

「時間がない、急ぐぞ！」

「あ、ちょ、教えろって！」

二人は場所柄《がら》も忘れ、全速力で駅舎《えきしゃ》へと走っていった。


とある交差点、信号機の上に、腕組みをした浴衣《ゆかた》の美女が仁王立《におうだ》ちしている。

その美女・マージョリー・ドーの秀麗《しゅうれい》な眉《まゆ》が、ピクリと跳《は》ねた。

「……来た」

「よーっしゃ、上出来だ。こりゃ、トーガじゃねえ方のベーゼもんだなあ、ヒヒ」

その右脇《わき》にある〝グリモア〟から、マルコシアスが軽薄な笑い声を上げる。

「バカマルコ、こんな程度で安売りはしないわよ。まあ……生きて帰るくらいの大手柄《てがら》なら、考えてもいいけどね」

「ヒーヒヒヒ！　ケッコーケッコー、言ってみるもんだ……んじゃま」

「行くわよ」

マージョリーの足元から突然、群青色《ぐんじょういろ》の炎《ほのお》が立ち昇った。

全身を覆《おお》う、彼女の力の奔出《ほんしゅつ》が、やがて凝縮《ぎょうしゅく》へと転じ、姿形《すがたかたち》を整えてゆく。数秒後、そこに獣《けもの》が立っていた。

枕《まくら》を立てたかのようなずんぐりむっくり、耳をピンと立て、目鼻を黒く穿《うが》ち、鋸《のこぎり》のような牙《きば》を並べて三日月のように大きく笑うそれは、〝蹂躙《じゅうりん》の爪牙《そうが》〟マルコシアスのフレイムヘイズ、『弔詞《ちょうし》の詠《よ》み手』マージョリー・ドーが纏《まと》う炎の衣『トーガ』だった。

その太い胴の両側に垂《た》れる、熊よりもさらに数倍は大きな腕を、翼のように広げる。

「ひっさびさの、全力でブチっ壊《こわ》すわよ」

「オーケーオーケー……、っすっ飛ぶぜ!!」

ゴン、と凄《すさ》まじい踏み切り、炎の噴射によって、信号が折れ曲がった。

炎の獣は一直線に、大通りの向こうに聳《そび》える不気味《ぶきみ》な御崎《みさき》市駅へと向かう。

「おんやー、また性懲《しょうこ》りもなく」

ドミノは九割がた完成させ、あとは仕上げと教授の到来を待つばかりとなった自在式の中心で、コードに支えられた首だけの首を傾げた。

「んもー、ここまで来たら、おとなしく破滅を待ってりゃいいのに」

と無茶《むちゃ》なことを言いつつ、床から生《は》えた腕をひょいと振って、今までのように、向かってくるフレイムヘイズに向けて撹乱《かくらん》の自在法を発動させた。これで相手は方向を見失い、間抜けな激突を起こ――

「さない!?」

その群青色をした炎の砲弾《ほうだん》は真っ直ぐ、撹乱を受けても惑うことなく真っ直ぐ、閉ざされたシャッター、その真ん中に貼《は》り付けられた二枚の付箋《ふせん》、二人の子分に誘導標識として貼り付けさせた目印めがけて突進、一気にこれをぶち抜いて駅の中央に突入した。

「んなぁ!?」

群青の砲弾が飛び込んだそこは、一階の中央ホール。

ドミノの真下だった。

駅からやや離れたガードレールの陰、

「「やった!!」」

佐藤《さとう》と田中《たなか》は声を、頭の上に手を乗せて伏せる姿勢を揃えた。

「ギイヤ――――ッハハハハハハハハ！　殺すぜ、壊《こわ》すぜ、食いちぎるぜえっ!!」

「ぶち壊してぶち壊してぶち壊してぶち壊すわよっ〝紅世《ぐぜ》のっ、徒《ともがら》〟あ――――!!」

無茶苦茶《むちゃくちゃ》な号咆《ごうほう》が駅舎《えきしゃ》を震わす。

と同時に、方向も撹乱《かくらん》も関係ない、全周爆破の自在法がホームを中から噴《ふ》き飛ばした。

「うおわっ！」

「よし、逃げるぞ田中」

一の子分二人は今度こそ、しっかりと親分の言いつけに従って逃げ出した。

その中、佐藤が悔しさとも恍惚《こうこつ》とも取れる笑いを、腫《は》れた頬《ほお》に乗せた。

「ああ、くそっ、かっこいいな!!」

併走する田中も同じ表情で答えた。

「ああ、すんげえっカッコイイ!!」

少年二人は爆炎《ばくえん》に晒《さら》される駅を背に、脱兎《だつと》の如く駆《か》け去った。

シャナは河川敷《かせんじき》に近いベンチに千草《ちぐさ》と並んで座り、待っていた。炎髪灼眼《えんぱつしゃくがん》は黒く冷え、身に黒衣《こくい》はなく、手に大太刀《たち》もない。髪を解いた浴衣《ゆかた》姿で、静かに待っていた。

未だ流れ続ける河川敷の音楽、そして心地よい夏の夜風に憩《いこ》うことしばし、

「シャナ」

アラストールが言った。

「うん」

シャナも短く答えて立った。

遠く、爆発と力を行使する気配がある。

戦いが始まったのだ。

「じゃあ、千草」

寂しげな微笑《ほほえ》みとともに別れを告げ、

（もし千草が目を覚ましてたら、さっきの、今の、この気持ちに答えをくれるかな……？）

思ってから、ふと、自分の姿を見下ろす。

その千草から借りた（貰《もら》った、と彼女は思えない）せっかくの浴衣は、いろいろやっている内にすっかり汚れ、着崩れてしまっていた。

「ごめんね。もっと汚しちゃうかも」

言う、その身を鋭く素早く、フレイムヘイズの黒衣『夜笠《よがさ》』が覆《おお》う。

左腰に右手を添えて、一気に大太刀《たち》『贄殿遮那《にえとののしやな》』を抜き放つ。

炎髪灼眼《えんぱつしやくがん》は、既《すで》に煌《きらめ》いている。

「いってきます」

その背で紅蓮《ぐれん》の双翼《そうよく》が爆発し、火の粉《こ》と航跡を夜空に一線残し、少女は戦いに発った。


「いいぞ、どんどん壊《こわ》してる」

悠二《ゆうじ》は快哉《かいさい》を上げた。

その見る先で、『玻璃壇《はりだん》』の上に映し出される、自在法を込めた看板《かんばん》が次々に破壊されていく。表示こそされていないが、シャナの仕業《しわざ》に違いなかった（どういうわけか、『玻璃壇《はりだん》』は敵であるはずのフレイムヘイズを映し出せない仕様《しよう》となっていた）。とんでもない破壊の速度は、空を行く紅蓮の勇姿を容易に想像させる。

シャナは自在法の仕掛けられた鳥の看板を、河川敷《かせんじき》と御崎《みさき》大橋から駅前までの大通りを一直線、まず破壊する。次に、駅前を一掃して転進、排除を続けながら高架《こうか》線路沿いに市外を目指す。その先から迫る〝探耽求究《たんたんきゆうきゆう》〟ダンタリオンを討滅《とうめつ》するために。

マージョリーによる最初の一撃で、命令を下す大本《おおもと》の存在であるドミノが混乱を起こしたため、今、シャナの駆逐《くちく》作業を邪魔《じやま》するものはなにもない。

「――あっ」

この旧依田《よだ》デパートの屋上からも見えた。

ビルとビルの間、大通りを一直線に貫いて飛ぶ、その傍《かたわ》ら炎弾《えんだん》を放って看板を次々に破壊してゆく紅蓮の光、『炎髪灼眼《えんぱつしやくがん》の討《う》ち手』の飛翔《ひしよう》が。

その姿に目を心を奪われ、悠二は行く先を見送った。

ほどなく、駅前の広場にその飛翔が届く。

目に見えるように、少女を感じられた。

駅前の広場、バスターミナルの上空で急停止し、力を凝縮《ぎようしゆく》しつつ回転、全周に見えた看板を全《すべ》て確認記憶、そして高まる力のまま、炎弾を一気に発射。

「やった!!」

感じるそのままに、駅前を埋め尽くしていた自在式が消滅した。

(……坂井《さかい》君)

ほとんど一体感さえ感じさせる、その観戦の様子に、吉田《よしだ》は『カデシュの心室』の中で表情を曇らせた。そこにいるのに、彼に近づけない。今はそういう状況だということが分かっていても、ただそれだけの他愛《たわい》無い想いが、胸を締め付けた。

「ああ、お嬢《じよう》ちゃん、どうです?」

「えっ」

気付けば、カムシンが彼女を見上げていた。

「ふむ、あれだけ撹乱《かくらん》の自在式を破壊すれば、そろそろなにか、あの駅で進んでいた作業、連中の本当の狙《ねら》いを感じられんかね」

「す、すいません、今やります！」

吉田《よしだ》は慌《あわ》てて、心室の中で精神を集中する。

彼らの言うとおり、たしかに自分の望んでいた姿、こうあるべきという御崎《みさき》市の姿が、再びはっきりと見え始めていた。

（御崎市駅……なにがあるのかしら）

自分の心にある、その駅の姿を頼りに、探る。

と、

（──な、なに、これ──？）

悪寒《おかん》のようなものが、浮かぶ彼女の体を貫いた。抱《だ》いていた肩を、思わず硬く握る。

（気持ち、悪い……？　違う、これは、怖い……！）

違和感どころではなかった。その中に隠され、秘められていたものは、あの調律に使うカデシュの血印《けついん》の感覚とよく似た、しかし向かう力は正反対のもの。

いまある御崎市、その全《すべ》てを一気に歪《ゆが》みの方へと加速する、自在式だった。

作動すれば、御崎市は一息に、歪みの中に呑《の》まれ、消失──

「――――――ッ‼」

その流れを意識してしまい、たまらず吉田は声なき叫びをあげた。

「ああ、お嬢《じょう》ちゃん⁉」

「カムシン・ネブハーウ、刮目《かつもく》せよ！」

ベヘモットに示され、吉田の感じたままを映し出した御崎市駅の模型を見たカムシンは、驚《きょう》愕《がく》と恐怖をもって、表れたものがなんであるかを看破《かんぱ》した。

「逆転印章《アンチシール》‼ 未完成……いや、そうか〝探耽求究《たんたんきゅうきゅう》〟め、なにを考えている⁉」

「ふーむ！ 奴《やつ》にそれを問うはまさに愚《ぐ》の骨頂《こっちょう》というものじゃ！」

「ど、どうしたんだ⁉ 吉田さんは⁉」

悠二《ゆうじ》が驚き、走り寄る。

「ああ、大事ありません。少しショックを受けただけ、すぐ目を覚ますでしょう」

カムシンは鋭く棒を振って『カデシュの心室』を解いた。崩おれそうになる少女を片手で軽軽支え、悠二に預ける。

危なっかしくそれを受け取りつつ、悠二は焦《あせ》って訊《き》く。

「な、なにが起こったんだ？ あの自在式はいったい？」

「ふむ、信じられんことをする奴と常々思っておったが、今回はさすがに呆《あき》れたわ」

「ああ、あの駅の中で構築されているのは、自在法を正反対の向きに作動させるための仕掛けなのです。逆転印章《アンチシール》と呼ばれる種類の、普通は相手の攻撃に対する防御陣《ぼうぎょじん》などに使用される自在式なのです、が……それを、こんな巨大な規模で、しかも調律に対して行うとは……!!」

二人のいつにない早口の解説、その内容を、

「調律の……正反対?」

悠二《ゆうじ》は一瞬遅れて理解し、恐怖の予感を覚えた。

「ああ、つまり、〝探耽求究《たんたんきゆうきゆう》〟の狙《ねら》いは、歪みの極限までの拡大だったのです。この街の物質以上、存在そのものの完全破壊と言っていいでしょう。あそこにある式は未完成品ですが、レールの方に向けて構成の最後の一片を開けている……つまり、〝探耽求究《たんたんきゆうきゆう》〟の到着と共に起動するよう仕掛けられているようです」

「ふむ、撹乱《かくらん》はつまり、こいつを隠すのが本来の役目だったんじゃよ。もしこんなものを構築している気配が僅《わず》かでも漏《も》れ出ていたら、儂《わし》らは損害や犠牲など無視して遮二無二《しゃにむに》、全《すべ》てを破壊すべく動いたじゃろうしの。構築中の気配を一切感じさせず、最後の最後で〝探耽求究《たんたんきゆうきゆう》〟が一気に仕上げて起動させる……考えたものじゃ」

二人の早口解説を必死に追った悠二は、その理解する勢いのまま、仰天《ぎようてん》した。

「完全破壊!? それは御崎市《みさきし》が、丸ごとなくなるってことか!?」

「ああ、全くそのとおりです。存在ごと、この世から欠落するでしょう」

「ふむ、そうすることでこの世にどんな影響がもたらされるのか、想像も付か……ふむ、そう

か、だから実験するんじゃな？」

ショックを受けつつも、それでも悠二は最後の頼みと、論理的に否定しようとする。

「ちょっと待ってくれよ！　その到着で破滅が起きるって、仕掛けた本人も巻き込まれるんじゃないのか、おかしいじゃないか⁉」

が、あっさり、それも覆《くつがえ》される。

「ああ、その通りです。しかし」

「ふむ、そういう奴《やつ》なのじゃ」

もはや絶句するしかなかった。

カムシンは、マージョリーから受け取った付箋《ふせん》を使い、シャナに告げた。

「ああ、聞こえますか、『炎髪灼眼《えんぱつしゃくがん》の討《う》ち手』、〃天壌《てんじょう》の劫火《ごうか》〃。〃探耽求究《たんたんきゅうきゅう》〃の真の狙《ねら》いが判明しました。自身の到着に伴う、調律の逆転印章《アンチシール》起動です」

《な⁉》

《狂気の沙汰《さた》……いや、そうなのだな、むう》

「自在式の破壊で、我々の攻撃を撹乱されることもなくなりました。これより私も、駅の破壊活動に加わります。そちらも〃探耽求究《たんたんきゅうきゅう》〃を、できれば到達前に撃破してください」

《分かった！》

《うむ》

討滅《とうめつ》と言わなかったのは、妙な実験を敵味方の見境なく行うために敵の多い、あの自称〝教授〟が、逃げの一手には特に長《た》けているからだった。

「ああ、坂井《さかい》悠二《ゆうじ》君、お嬢《じょう》ちゃんを頼みましたよ」

「あ、あんたも戦いに出るのか」

たしかに鉄棒を軽々と振り回し、戦歴を感じさせる傷を数多《あまた》見せているものの、彼、カムシンの外見は、シャナ以上に幼い少年でしかない。

それがいったいどうして、あのマージョリーにさえ恐れられるほどの戦闘力を持っているのか、悠二には不思議でならなかった。

しかし、フレイムヘイズとはそもそも不思議なものなのである。

悠二はそれを程なく、目の当《ま》たりにすることになる。

「ああ、幸い、この辺りには廃ビルが多いようですしね」

「ふむ。結構」


屋上の柵に、カムシンは軽く跳び乗った。

肩に担《かつ》いだ鉄棒の重さに、バギュ、と柵が根元から歪《ゆが》んだ。

「ああ、そうだ、忘れていました」

言って、彼は付箋《ふせん》をもう一度取る。

「ああ、『弔詞《ちょうし》の詠《よ》み手』、聞こえますか。駅にあるものは〝探耽求究《たんたんきゅうきゅう》〟到着によって起動する調律の逆転印章《アンチシール》です。我々も直ちに攻撃に加わり、これを破壊しますので、よろしく」

《え、ちょっと待ちなさいよ！》

《馬鹿《ばか》おめーら、俺《おれ》達がまだ中に――》

泡《あわ》を食う二人の返信を無視して切ると、深く膝《ひざ》を沈め、大きく前に跳躍《ちょうやく》した。

「あっ!?」

悠二が驚く先で、彼は向かいのビルに激突した。鉄棒を先頭にして飛び込んだため、窓ガラスどころか壁を粉々に砕《くだ》いて中に飛び込む格好になった。そこは二人が先刻から目をつけていた廃ビルの空《あ》き部屋である。人はどこにもいない。

「ああ、では始めますか」

「ふむ」

ぶん、と鉄棒を指揮《しき》棒のように軽く振り上げる。そのついでに立っていた柱をブチ砕いてしまうが、二人は気にしない。

「儀装《ぎそう》」

「カデシュの血印《けついん》、配置」

カムシンとベヘモットの短いやり取りを受けて、ボボボッ、と部屋の壁や天井《てんじょう》、床にと数十の自在式、吉田《よしだ》と街を練り歩いて路面につけていたものと同じ自在式が刻み付けられた。

「起動」

再び言ったカムシン自身が、炎《ほのお》に包み込まれた。『カデシュの心室』である。その中に浮き上がり、ただ前に鉄棒を突き出す。

「自在式、カデシュの血脈を形成」

べヘモットの言った途端、周囲数十の自在式から、蛇《へび》かロープかという炎が無数、噴《ふ》き出した。そのゆらゆらたわみつつも強烈なジェット噴射のように衝撃《しょうげき》を与える炎によって、安普請《やすぶしん》のコンクリート壁にひびが入り始める。

無論構わずカムシンは言う。

「展開」

たわみ揺らめいていた炎の蛇が、その端《はし》を繋《つな》げ、傍《かたわ》らのものと縒《よ》り合わされしてゆく。すこしずつ、それらは主要な数十本へとまとまってゆく。

「自在式、カデシュの血脈に同調」

べヘモットの声に引かれ、その数十本が『カデシュの心室』と結合した。

瞬間、
さらなる圧力に耐えきれず、コンクリートが一斉《いっせい》に、外側に破裂《はれつ》するように崩壊した。

「な、なんだ!?」

悠二《ゆうじ》は驚き見る。

道路の向かい側、カムシンらが飛び込んだビルが突然内側から破裂《はれつ》した。濛々《もうもう》たる粉塵《ふんじん》があがって、彼らの元にまで押し寄せる。

「うわ、っぷ!?」

悠二は気絶した吉田をかばい、身を屈《かが》めた。

やがて、崩壊の轟音《ごうおん》が遠のき、粉塵が薄まる。

「っぺ、なんだったんだ、カム——」

言いかけて、彼は唖然《あぜん》となった。その首を、ゆっくりと、上に向ける。

粉塵の中に、影がある。

ビルのものとは違う、影。

それは、街の夜景を下からの明かりと受けている。

「あ、ああ——」

向かいのビルの上に、巨人が立ち上がっていた。

以前は攪乱《かくらん》を受けた高架《こうか》の上を、今度は遮《さえぎ》る者なき飛翔《ひしょう》で、シャナは飛ぶ。

やはり前方、感じるこっちをイライラさせるほどの騒がしい気配は、線路からやってくる。

「アラストール、効くかな?」

「やってみればよい」

「うん」

力強く頷《うなず》くと、黒衣《こくい》と浴衣《ゆかた》を二重のマントのように翻《ひるがえ》し、『炎髪灼眼《えんぱつしゃくがん》の討《う》ち手』は気配の迫る線路の軌道《きどう》に入った。いちおう、御崎《みさき》市方面に向かう側。噂《うわさ》だけだと、なんとなくそういう無駄《むだ》な所だけは律儀《りちぎ》に守る奴《やつ》のような気がした。やがて、
ギヤオー、
と変な警笛《けいてき》が遠くから轟《とどろ》いた。

暗い線路の向こう、なぜか無性《むしょう》に寂しさを漂《ただよ》わすその眺めの中、双翼《そうよく》を燃やして前進するシャナの灼眼に、ライトが届いた。

「来た。やっぱり列車だ」

「奴の使う道具には、確実に『我学《ががく》』なる奇怪独自の仕掛けがある。用心しろ」

「うん」

アラストールとの、短いやり取り。

フレイムヘイズたる者の使命遂行。

この世を荒らす〝紅世《ぐぜ》の徒《ともがら》〟の討滅《とうめつ》。

全《すべ》てが、いつものこと。

自己の存在と重なる、ずっとずっと、やってきたこと。

行為と事実、それ自体に変わりはない。

なのに今、自分の前と後に、繫《つな》がっているものがある。

それを、感じる。

悠二《ゆうじ》たちとのやり取りの結果として、今ここにいる。

こうした後に、千草《ちぐさ》たちと迎える明日が待っている。

必要ない。以前に考えることもなかった、今の前と後。

むしろ自分を弱くすると思い、あれほどに温《あたた》かな想いで満ち溢《あふ》れた『天道宮《てんどうきゅう》』の頃を懐旧《かいきゅう》することさえ、ほとんどなかった。見たこともない明日など無論、言うまでもない。

その自分が今、その前と後を感じている。

その中にいることを感じて、なのに、

(――寂しい――)

そう思っていた。

周りにはたくさん人がいるというのに、繫がりはたくさんあるというのに、悠二と二人っきりではなくなったというのに、

(どうして……どうして、こんなに寂しいの……?)

夜の線路を、まるで心の情景であるかのように見つめる。

フレイムヘイズとして、その先にいる、敵も。

悠二《ゆうじ》が見上げるそれは、圧倒的な体積を誇り聳《そび》える、瓦礫《がれき》の巨人だった。ところどころに、これがカムシンであるという証拠の、褐色《かっしょく》の炎《ほのお》が漏れ出ている。

「これが……『儀装《ぎそう》の駆《か》り手』……」

見れば、ビルは上層部からまるごと、その体の材料に供されている。これで戦えばどれほどの打撃かという、おそるべき体格だった。

が、カムシンの戦いはそんな悠二の想像力を軽々とブチ破る。

瓦礫の巨人が、重々しくも滑《なめ》らかに右腕を動かし、ちょうど心臓のあたりに掌《てのひら》を差し出す。と、その胸の辺りから、カムシンの持っていた鉄棒が、まるで吸血鬼に押し出された杭《くい》のように突き出た。腕が、それを握る。もっとも、あの長大な鉄棒も、この巨人にかかれば鉛筆程度である。大きさの割には貧相すぎる武器のように、悠二には思えた。

このとき吉田《よしだ》一美《かずみ》が起きていれば気付いたはずだった。

カムシンが、この鉄棒のことをなんと言ったか。

その少年が、巨人の中から声を大きく響かせた。

「ああ、坂井《さかい》悠二君。今から『メケスト』を振るいますので、いちおう物陰に伏せておいてください」

「えっ、ああ……よいしょ」

悠二は相手に聞こえているのか分からない返事をして、抱《かか》えた吉田とともに屋上縁《ふち》の塀《へい》の影に入った。吉田の顔が知らぬ間に真ん前にある姿勢になって、慌《あわ》ててそこから身をそらす。

そうして頭を上げた彼の視界に、信じられないものが入った。

夜景の明かりを受けてビルの上に立つ瓦礫の巨人が、鞭《むち》を振るっていた。

正確には、あの『メケスト』というらしい鉄棒を柄《つか》に、褐色の炎を介した瓦礫が、鎖《くさり》のように繋《つな》がりうねっていた。少年の身の丈《たけ》に合わない鉄棒は今、巨人の鞭におけるちょうどよい握りとなっていた。

巨人はその何十トンあるかという瓦礫の鞭を右手一本で軽々と振り回し、暴風の唸《うな》りも恐ろしく、一撃手首のスナップを効かして、その先端にある瓦礫を放り投げた。

放物線を描いて飛んだ、そのコンクリートの塊《かたまり》は、その頂点で褐色の火を噴《ふ》いた。勢いをさらに増して、流星のように落下する。

数秒を経て、一回沈んでから、また浮き上がるような、恐ろしい落着の感触が轟音《ごうおん》を連れて悠二を襲った。ガクガクと全身を震わされながら、

（こ、こんなフレイムヘイズがいるのか!!）

と心中で驚愕《きょうがく》の叫びを上げる。

（あの戦闘狂たちが及び腰になるのもしようがな……というか、本当にちゃんと狙《ねら》ってるんだろうな⁉）

その大雑把《おおざっぱ》過ぎる大威力に懸念《けねん》を抱《いだ》きつつも、悠二《ゆうじ》は言われたとおり伏せることにした。

ただし、吉田《よしだ》の顔に不必要に近付かないような姿勢で。

幸い、瓦礫《がれき》の初弾は駅に落着していた。

ただし、式から狙《ねら》いは逸《そ》れて、線路の高架《こうか》を直撃していた。しかも教授がやってくる方面とは反対側である。

「ほ、ホントに撃ってきたわよ！」

「あの面《つら》はジョーダン言わねえ面だー‼」

駅舎《えきしゃ》内で暴れていたマージョリーとマルコシアスは慌《あわ》てて、あれほど苦労して飛び込んだ駅舎からあっさり飛び出していた。もちろん、置き土産《みやげ》に特大の炎弾《えんだん》を放り込んでおくことは忘れない。

《よーくーもーやったな――‼》

ドミノの怒りを示すように、駅舎全体が薄緑色に発光した。

それを見たマージョリーは、通信の自在法で責任者に怒鳴《どな》った。

「ちょっと爺《じじ》い、外れてるわよ！　相手を怒らせただけじゃ意味ないでしょうが！」
《ああ、それはどうも。しかし、できるだけ、と断りを入れておいたはずですが》
「思いやりが足りねーんだよ、てめーらにゃ！　とっととこっちで直接ぶちこみやがれ！」
《ふむ、もう少し撃ってからは、そうしよう》
ぎょっとなった二人が見上げた先、すでに二弾目のコンクリート塊《かい》が褐色《かっしょく》の火を噴《ふ》いて落下を開始していた。
今度は駅舎の前面、『御崎《みさき》市駅』の駅名看板《かんばん》ど真ん中をぶち抜くストライク。
ただし、落下軌道《きどう》が急すぎて、戦果はすでにマージョリーが破壊したホールのみ。
ついでに、そこから出たばかりの二人も爆風でなぎ払う。
「んきゃー!?」
「オギャー!?」
いよいよ迫る怪物列車『夜会《やがい》の櫃《ひつ》』の操縦室内、
《教授――『弔詞《ちょうし》の詠《よ》み手』と『儀装《ぎそう》の駆《か》り手』がー早く来てぇ――！》
外にはいかにも逆襲を開始するように強がる反対側で、ドミノは早速、教授に泣きついていた。

《『ラーの礫《つぶて》』がど真ん中に直撃したら、いくら私でも支えきれませんよ――!!》
「なぁーにを弱音を吐《は》いているんですか、ドォーミノォー!! おまえはそれでも私の助ぉ手ですかぁ!?」
《助手でも怖いものは怖いですひはひ《いたい》ほはい《こわい》ひはひ《いたい》ほはひ《こわい》》
とりあえず情けない助手を『我学《ががく》の結晶エクセレント7931―阿《あ》の伝令』越しにつねりあげつつ、教授は無駄《むだ》に複雑な思考回路を全速回転させ、半秒で解《かい》を導き出す。
「残ぉーっている『我学《ががく》の結晶エクセレント29147―惑《まど》いの鳥』の内、調律の白ぃー在式防衛用以ぃー外の全《すべ》てを総動員して、至近《しきん》で攪乱《かくらん》の白ぃー在法をかぁーけるんです!!」
《えーっ! そんなことしたら逆転印章《アンチシール》の発動時に加速を得られなくなって、威力半径が予定の三分の一以下にひはひは《いたぃた》》
「そぉーんなことは言われなくても分かぁーっています!! とぉにかく予定より規模を縮小しようとも、実ぃーっ験の実ぃーっ行こそが最・優・先です!! む」
例によってつねりあげていた指が、そのままぴたりと止まった。
《ひょうひゅ《きょうじゅ》――》
「えぇーい、泣く子はもぉーっと、つねーっちゃいますよ!? どぉーうやら、こぉっちにも一つ、やってきぃーましたね?」
言うとおり、目の前のモニターに光が一つ、点《とも》っていた。

操縦室の低い天井《てんじょう》から潜望鏡《せんぼうきょう》を引き下ろし、再び……今度は『実験の成果として』眼鏡《めがね》を額《ひたい》に上げてから覗《のぞ》き込む。

凛々《りり》しく眉《まゆ》を跳《は》ね上げる少女が、炎髪灼眼《えんぱつしゃくがん》に紅蓮《ぐれん》の双翼《そうよく》を煌《きらめ》かしながら向かってくる。

「んー、んー、やぁはり『炎髪灼眼《えんぱつしゃくがん》の討《う》ち手』でぇすねぇー。あぁーのカタブツが契約者を換《か》あーえた、いぃやいや、なぁにかの事件で体が縮んでしまった可能性もありますねぇ？」

見たものだけを、できれば試してみてから信じる〝紅世《ぐぜ》の王〟は、ようやくドミノの頬《ほお》から手を放した。

「ちゃぁーんと言いぃつけどおりにすぅーるんですよ、ドォーミノォー？」

《はーい、教授。でも、できるだけ早く来てくださいほひはひ《よいたい》ぃ——》

弱音を吐《は》いた助手をつねりあげつつ、教授は潜望鏡を上げる。

「んーんんん、んんんーふふふふふ、どぉーうやらエェークセレントなバナナの皮の開発は間に合わないよぉーうですねぇ？」

と、変な台詞《せりふ》で敵を迎え、

「おや、メガネメガネ」

額に上げた物を探して周囲をごそごそと探る。

前方からまっしぐらに突き進んでくる怪物列車、その真正面からシャナは飛び込んでゆく。

「……」

顔を下げ、流れすぎて行く枕木《まくらぎ》の綾《あや》を前に、目を閉じる。その額《ひたい》に、切っ先を進行方向へと向けた『贄殿遮那《にえとののしゃな》』の峰《みね》を付け、炎《ほのお》を発現させる力をじわじわと溜《た》め、練り上げてゆく。

互いの壮絶な相対速度から、見る間に距離が詰まる。

奇妙な、路面を突っ走るミサイルのような先頭構体《こうたい》が一気に近付く。その中、最も効果的なタイミングを見切り、目を開く。

眼前の『贄殿遮那《にえとののしゃな》』に炎が走り、

「燃えろ!!」

シャナは叫ぶや、『贄殿遮那《にえとののしゃな》』を核に炎で構成した大太刀《たち》を、軌道《きどう》をずらしてすれ違い様、斬《き》った。はずだった。が、

「あっ?」

「む?」

アラストールも唸《うな》った。

反転して再び、今度は追撃するシャナ、その灼眼《しゃくがん》が捉えた『夜会《やがい》の櫃《ひつ》』は、だ、い、た、い、半分だ、け、が無傷だった。

破城槌《はじょうつい》のような一体形成の先頭構体で、顕現《けんげん》させた炎の大太刀はほとんど吹き散らされてし

まっていた。おそらくは、そこに点《とも》った、馬鹿《ばか》のように白けた緑色の光からなる自在式の効果だろう。しかしその後部車体、剥《む》き身の機械部分は、残った炎をまともに食らい、見事に焼け焦《こ》げていた。

《つなぁ――んてデェーンジャラスなことぉーっ、しぃーてくれるんですか!?》

いきなり耳の痛くなるような大声がスピーカーから流れ、ブツンと切れた。

「……?」

不思議そうに見るシャナの前で『夜会《やがい》の櫃《ひつ》』の天井《てんじょう》が割れ、内部に格納されていた運転パネルらしき機械と運転手がせり上がってきた。

「……なんでわざわざ、危険な外に出てくるの?」

「理屈を問うな。そういう奴《やつ》なのだ」

呆《あき》れる二人に向けて、現れた運転手・古き〝紅世《ぐぜ》の王〟たる〝探耽求究《たんたんきゅうきゅう》〟ダンタリオンは額に手をバン、と当て、

そこに眼鏡《めがね》を見つけた。

いそいそとかけなおし、

「こぉーれで勇気百倍視力十倍! ……んー? んんんんー?」

なにを言おうとしたか思い出すため、腰からカクンと横に折れ曲がって考えること数秒、おお、と右拳《こぶし》で左掌《て》を叩《たた》き、ズバッ、と『夜会《やがい》の櫃《ひつ》』を追ってくる少女を指差した。

「なあ——んてことぉーっ、してくれるんですか⁉　真正面からぶち当たらないから、後ろが焦《こ》がーげてしまったではありませんか‼」

「……」

シャナは『贄殿遮那《にえとののしやな》』柄頭《つかがしら》をぐっと左脇腹《わきばら》に押し込み、前方へ切っ先を向ける、突撃の体勢を取った。

「そぉーもそも、この『夜会《やがい》の櫃《ひつ》』は逆転印章《アンチシール》を発動ぉーさせる最後のピィ——スの一部でさえあるデリケエートな」

聞かずにシャナは加速突進した。

目の前の〝紅世《ぐぜ》の王〟に自在法の発現は見られない。が、

突然『夜会《やがい》の櫃《ひつ》』の一部が開いて、巨大なトンカチがシャナを横合いから殴《なぐ》りつけた。

「あうっ！　っと！」

空中でバランスを崩し、危うく線路脇の鉄塔とぶつかりそうになる。

姿勢を立て直し、再び追撃を始める、その胸元からアラストールが叱責《しっせき》する。

「だから用心しろと言ったのだ」

「ご、ごめんなさい」

「皆、奴《やつ》のあの外見と行動に騙《だま》される。いや、実際中身も外見そのままだが、意表を突くという点だけなら、この世でも指折りの〝王〟なのだ。改めて言う、用心しろ」

「うん」

言う前で彼女らの方、進行方向から後ろを向いた教授は偉そうにふんぞり返り、脚をガン、と踏み鳴らした。数秒その姿勢で止まってから、もう一度ガン、と踏むと、その周囲にごちゃ混ぜなハンドルやらペダルやらレバーやらが無数、突き出した。

「んーんんん、んーふふふ、駅に着くまでの暇つぶしに、ちょうどいぃーいですねぇ」

普段は討滅《とうめつ》の対象に余計な感情を抱《いだ》かない『炎髪灼眼《えんぱつしゃくがん》の討《う》ち手』も、さすがにこの教授には僅《わず》かながら一つ、抱かずにはいられなかった。それはつまり、できれば関わり合いになりたくない、い、い、い、い、い、い、い、い、い、い、い気持ちである。

思い巡らす灼眼の端《はし》、遠くというほどでもない距離に、『儀装《ぎそう》の駆《か》り手』の放った『ラーの礫《つぶて》』の燃える光が過《よ》ぎった。

褐色《かっしょく》の炎《ほのお》をまとった瓦礫《がれき》、『ラーの礫《つぶて》』が駅舎《えきしゃ》の端に落着する。

その大破壊の光景を、駅前のビルの上に陣取り、トーガから顔だけを出したマージョリーが眺めていた。着ぐるみのような、愛嬌《あいきょう》と間抜けさが同居する格好で言う。

「さすがに負けるわ、これは」

「まー、俺《おれ》達の役目は最初で終わったようなもんだからな。今回はこの程度で我慢……？」

言いかけたマルコシアスは気付いた。

不意に、今まで沈黙していたドミノが、駅舎《えきしゃ》から周囲に向けて〝存在の力〟を放射した。

なんのつもりかと訝《いぶか》る二人は、すぐにその意味を察した。

「いけない、破壊してなかった分を呼び戻してるわ！　集結する前に破壊しないと！」

「やーれやれ、この世ってなあ、我慢までさせてくんねえのかあ？　ヒッヒヒ」

トーガがビルを蹴《け》って宙に向かう。

「やい爺《じじ》い！　見えてるわね、さっさとこっちに合流して！　力押しで黙らせるのよ!!」

《ああ、分かりました。今、行きます》

バガン、という轟音《ごうおん》と、風を切る物体の感が迫り、夜の御崎《みさき》市の上空に、鞭《むち》を持った巨大な人影が浮かぶ。それはすぐ、居並ぶビルの一つめがけて落下していった。廃ビルではないため、それを突き破らないよう、脚の裏から褐色《かっしょく》の炎《ほのお》が噴《ふ》き出す。

大重量を無理矢理に軟着陸させるための、また絶対に保持できそうにない巨体を無理矢理に支えるための自在法だった。

数秒すると、『儀装《ぎそう》の駆《か》り手』は再び大きく踏み切って跳ぶ。

と、その宙に浮く影の向こう、それどころか全方向から御崎市駅を遠く囲む形で、新たな影が数百、包囲を縮めてくる。

最低限しか破壊しなかったため、まだ街中に多数残っていた鳥の看板《かんばん》だった。それが羽虫《はむし》のように彼女らを、正確には御崎市駅を取り囲んで接近してくる。

集めたこれらを使い、駅舎を改めて撹乱《かくらん》の自在法で守ろうという腹づもりらしい。

これだけの数を制御《せいぎょ》しているため、まず撹乱は行えないだろう。しかし、ある程度の数がドミノの元へ、駅舎の近くへと結集してしまえば、再びあの全《すべ》てを防ぐ撹乱が発生してしまう。

そうなったらもうお手上げである。

一枚たりと通すわけにはいかない。

「やーっぱ手抜きってのは、すべきじゃないわね」

「ミナミナ大破壊のありがたみがよく分かるってもんだぜ」

溜《た》め息を吐《つ》く『弔詞《ちょうし》の詠《よ》み手』と〝蹂躙《じゅうりん》の爪牙《そうが》〟は、とりあえず目に付いた正面の群れに特大の火弾《かだん》を放った。

ギャオー、と夜空を裂《さ》く汽笛《きてき》の音……御崎市を完全なる破滅に導く逆転印章《アンチシール》最後のピース、その到着も近い。

カムシンが巨体を跳躍させ、地響きとともに駅前に向かった。

その様を見届けて、悠二《ゆうじ》はようやく伏せていた身を起こそうとした。

「危ない！」

その彼を、いつ気が付いていたのか、吉田《よしだ》が叫びとともに引っ張り、もう一度伏せさせた。自分の方に引き寄せる。悠二《ゆうじ》を上に吉田を下にという状態で、二人は折り重なる。

その、まるで自分が押し倒したかのような格好に慌《あわ》てる悠二の上を、鳥の看板《かんばん》が数十、駅に向かって飛んで行った。

「!!」

「……」

二人して硬直し、息を殺して、その通過を待つこと数秒、

(あの看板、特別害意のようなものは、感じなかったけど……)

そう判断しつつも、とりあえず感謝の言葉をかけようとした悠二は、

「あ――」

その眼前、互いの息も混じるほど近くにある吉田の顔に、釘付《くぎづ》けになった。

吉田の方も、距離を意識して頰《ほお》を上気させている。その化粧《けしょう》っ気《け》のない頰に、倒れて乱れた髪が冷や汗で張り付く姿態《したい》には、見る者の背筋を震わすほどの艶《なまめ》かしさが漂《ただよ》っていた。

「よ、吉――田、さ」

悠二は動転して舌が回らなくなった。彼女の姿に痺《しび》れただけではない。彼女が背中に手を回して、離してくれないのである。浴衣《ゆかた》越しにも分かる柔らかな胸が押し付けられて、心臓が無茶苦茶《ちゃくちゃ》に踊っていた。

「坂井《さかい》君……温《あたた》かい」

半分を悲しみに濡《ぬ》らし、半分を嬉《うれ》しさに揺らす、そんな声が彼の耳朶《じだ》をくすぐる。

その甘美《かんび》さにかえって危険なものを感じて、悠二は必死に声を繋《つな》ぐ。

「よ、よよ、よ吉田ださん、こ、この、こんなときに」

「こんなに、やっぱり、温かい」

「吉田さん……?」

「今でないと、ダメなんです」

真っ赤になって声を詰まらす悠二と、それを微笑《ほほえ》んで見返す吉田——それは、いつもと逆の姿だった。

「私、まだ弱いから……思った、その今でないと、ダメなんです」

「吉田、さん……?」

吉田は右手を、悠二の背中からその頬にやった。

「明日にしよう、またいい機会を見つけて、誰かに助けをもらおう、なにかのきっかけを待とう……そう思っていて、思うことで逃げ道を作って、結局なにもできないまま……」

悠二もさすがに、なにができないのか、と訊《き》き返すほどの朴念仁《ぼくねんじん》ではなかった。

「でも、僕は」

「……もう、治らないんですか?　もう、本当に……?」

治せればどれほど——そう思いそうになる心を動悸《どうき》の内にようやく捻《ね》じ伏せて、悠二《ゆうじ》は吉田《よしだ》と額《ひたい》をぶつけ合うように、真っ赤な顔で深く頷《うなず》く。

「うん。もう……二度と、治らない。本物の僕はもう、死んでしまった。今ここにいる僕は、人間じゃない」

どうして死んじゃったんですか——そう泣き喚《わめ》きたくなる気持ちを必死の思いで押さえつけ、吉田は首をゆっくりと振る。

「違います。今ここにいる坂井君が、人間だってことを、私は知ってます」

「!!」

悠二は再びの断言に再びの衝撃《しょうげき》を受け、呆然《ぼうぜん》となった。捨てたはずのもの、本当は認めて欲しかったこと、認めてもらえた嬉《うれ》しさに、いつしか涙を一粒、吉田の頬《ほお》へと落としていた。

「……僕は、人間、なんだ……?」

吉田は、涙も、声も、全《すべ》てを受け入れる、そう決めたという抱擁《ほうよう》の微笑《ほほえ》みを浮かべ、答える。

「はい。だって、こんなに温《あたた》かい。身も、心も」

互いに同じ涙で濡《ぬ》れた顔しか見えないほどの近く、抱《だ》き止め、頬に手をやった少年へと、少女はごく自然に語りかけていた。

「私は、そんな坂井《さかい》君が好きなんです」

今さらのようなこの告白に、それでも悠二は、熱《あつ》さと切なさで胸を満たされた。

いろんな感情があまりに強く溢《あふ》れかえってしまって、声が出せない。

本当に胸が、嬉《うれ》しさで痛かった。

吉田《よしだ》はそんな少年に、完璧な言葉で、もう一度。

「私、坂井《さかい》君が、好きです」


御崎《みさき》市駅を巻き込む大混乱は、今まさに最高潮を迎えていた。

再び攪乱《かくらん》の自在法を構成するため、街中のミサゴの看板《かんばん》が雲霞《うんか》のように押し寄せてくる。これに突破され、自在法を構築されてしまえば、駅舎《えきしゃ》の防衛、引いては教授の到来による逆転印章《アンチシール》の完成——御崎市の破滅が実現してしまう。絶対に通すわけにはいかなかった。

それら、押し寄せる看板の群れを、瓦礫《がれき》と褐色《かっしょく》の炎《ほのお》からなる巨人『儀装《ぎそう》の駆《か》り手』カムシンが、巨大な鞭《むち》『メケスト』を振るい、一回転の内に数十を叩《たた》き落とす。

その怖気《おぞけ》を誘う体積の暴風を掻《か》い潜《くぐ》って、なんとか駅へと侵入しようとした数個の看板が、群青《ぐんじょう》色の炎弾《えんだん》によって粉々になる。

それら炎弾と同じ、群青色の炎からなる寸胴《ずんどう》の獣《けもの》が、ターミナルに停まったバスの天井《てんじょう》にズドン、と着地した。三日月のように大きな口を開けて、牙《きば》の間から一息を吐《は》く。

マージョリーがその口の上に顔だけを出す、滑稽《こっけい》な姿でぼやく。

「えーい、次から次へとキリがないわね！」

「キーッヒヒ、くっちゃべってる暇ぁねえだろ、我が多忙の才媛《さいえん》、マージョリー・ドー？」

「はーいはいはい、ったくもー！」

相棒のせっつきに答えると、彼女は顔をトーガの中に戻し、獣の短足で一蹴り、宙に飛んだ。巨人の大雑把《おおざっぱ》な大破壊から逃れて接近する看板を、視覚によらず確認すると、

「**六ペンスの歌を歌おうよ**」

彼女ら『弔詞《ちょうし》の詠《よ》み手』の自在法を構成する『鏖殺《おうさつ》の即興詩』をトーガの内から響かせる。

「**ポッケにゃ麦が一杯だ**」

マージョリーの高らかな美声に、マルコシアスのキンキン声が答えた。彼女らの周囲に渦《うず》巻く〝存在の力〟が、歌のイメージに乗って形を整え始める。

再びマージョリーが歌い、

「**二十四羽の黒ツグミ、っは！**」

力は無数滞空する炎弾となった。

「**パイんなって焼かれちまう、っと！**」

マルコシアスの声を切りとして、それらは一斉《いっせい》に放たれ、カムシンが取り逃した全《すべ》て、さらには接近しようとしたものも含めて、看板を粉々に爆砕する。

御崎市駅とその傍《かたわ》らに立つ巨人を囲んで群青色の炎が膨《ふく》れ上がる、まさに壮観だった。

「ああ、そこまでの技巧があるのなら、なにも私を巻き込むことはないでしょうに」

爆発の煽《あお》りを食って、いささか以上に黒焦《こ》げになった巨人から、寂《さ》びた少年の声が大きく響いた。

これに二人は笑って返す。

「ふん、省《はぶ》ける労力は省くのよ」

「どーせびくともしてねえだろが、ヒャヒャヒャ」

それよりも、と二人は互いにのみ通じる声を交わす。

(先に駅の逆転印章《アンチシール》を破壊するのは、やーっぱ無理かしらね)

(ドミノの野郎《やろう》を一撃で破壊できるんなら、それもいいがよー、奴《やつ》は親玉に似て逃げるのだきやうめえからな)

(チョロチョロ駅の中を逃げ回られてる間に、看板《かんばん》が撹乱《かくらん》の必要数、揃っちゃうか……ま、対処療法ならこんなもんかもね)

言う間にも、トーガの獣《けもの》は縦横無尽《じゅうおうむじん》に駅舎《えきしゃ》の外を跳《は》ね回り、炎弾《えんだん》を宙に飛ばす。この真下に敵の中枢《ちゅうすう》がいる、というのに、全く面倒な話だった。

それに、こうして看板の接近を阻止《そし》することで撹乱の自在法発生を防ぐことは、実は究極的な事態の打開に繋《つな》がっていない。このまま〝探耽求究《たんたんきゅうきゅう》〟が到着してしまえば、逆転印章《アンチシール》の完成による調律の反作用が起こって、御崎《みさき》市は一挙に破壊される。

(今はあのチビジャリに託《たく》すしかない、ってのが気に喰わないわね)

(やれることをやれるときにやってりゃ、最後にやりたいことも見えるだろうさ、ヒヒッ)

トーガの腹が、咽喉《のど》が、膨《ふく》らんで力を溜《た》める。

(埒《らち》を開けるにゃ、まだ時間と苦労が足りねえってことよ、ヒヒッ)

(ホーント、楽させてくれないもんね——)

「——っ世の中ってのは!!」

マージョリーの怒鳴《どな》り声を力に変えて、獣は炎《ほのお》の怒涛《どとう》を口から吐《は》き出した。

群青の光が宙を埋め、次なる一群が薙《な》ぎ払われる。


夜の線路を、破滅のキーたる怪物列車『夜会《やがい》の櫃《ひつ》』が驀進《ばくしん》する。

速度は一向に落ちることなく、むしろ御崎《みさき》市駅に近付くに従って上がり続けていた。

その後から追撃するシャナは、列車の屋根に立つ教授に向けて一発、大きな紅蓮《ぐれん》の炎弾を撃ち放った。複数でないのは、まだ動く標的への対処に慣れていないからである。

教授は迫るそれを平然と眺めつつ、

「んー」

傍《かたわ》らにゴチャゴチャ突き出たパネルの中の、ボタンを一つ、ポチッ、と押した。

途端、彼の足元から、ゴツい中華鍋《ちゅうかなべ》を先に付けたマジックハンドが飛び出した。底をシャナに向ける形で差し出されたその鍋は回転し、まるで本来の使い道のように紅蓮《ぐれん》の爆火《ばっか》を受け、しかし周囲に散らし、防ぐ。

「無《む》駄《だ》無駄、こぉーの『我《が》学《がく》――』」

胸を張って道具の解説をしようとした教授の眼前に、

「つだ!!」

「のおう!?」

炎弾《えんだん》の炸裂《さくれつ》で膨《ふく》れ上がった炎《ほのお》を突き破って、シャナが飛び込んでいた。より確実な殺傷の手段、つまり斬撃《ざんげき》を叩《たた》き込むために。屋根に重く鳴る踏み込みとともに、しなやかな動線を描く全身の流れが大太刀《たち》『贄殿遮那《にえとののしゃな》』へと収束《しゅうそく》し、教授に向けて一閃《いっせん》、斬撃の刃《やいば》が走る。

と、
二人を乗せた『夜会《やがい》の櫃《ひつ》』の屋根がまるごと、忍者屋敷の仕掛けのようにクルリと回転した。

「つな?」

「んー」

驚くシャナと笑う教授を呑《の》み込んで屋根は正反対になって閉まる。次の瞬間、教授とその周囲の操縦機器だけが、何事もなかったかのように、一回転してまた上に現れた。

シャナだけが内部に閉じ込められた形である。

半回転の際、中に放り出されたシャナはひらりと床に降り立ち、周囲を確認した。

自身の炎髪《えんぱつ》灼眼《しゃくがん》と紅蓮《ぐれん》の双翼《そうよく》のみを光源として、薄暗く様態を浮かび上がらせるそこは、まるで異形《いぎょう》の棺桶《かんおけ》か牢屋《ろうや》のような閉塞感《へいそく》を漂《ただよ》わせている。

もちろん、フレイムヘイズたる彼女は、こんなことに恐れも怯《ひる》みも感じない。

が、また、

（寂しい）

まるで寒風を胸の内に受けたかのような気持ちが湧《わ》いて、心細くなった。

すぐ脱出してしまえば済むというこの一瞬にまで、心が揺れた。

（い、い、いないと、嫌《いや》だ）

いきなり、締まりのない微笑――と彼女は思っていた――を浮かべる少年の顔が脳裏に浮かんだ。全く思いもよらなかった、自分でも理解できない、心の流れだった。

（そうだ）

そこまで行き着いて、ようやく知った。

自分は、悠二《ゆうじ》が吉田《よしだ》一美《かずみ》との繋《つな》がりを感じさせたまま自分から離れたことに、たまらないほどの寂しさを覚えているのだった。悠二が自分のことを分かってくれている、そう確かめたことでなおさら、彼のいない寂しさは増していた。

（悠二《ゆうじ》がここにいないのは、嫌《いや》だ——）

怒りにも似た激しい、あの『どうしようもない気持ち』が湧《わ》き上がってくる。以前は熱《あつ》さとして全《すべ》てを喜びに燃え滾《たぎ》らせたその気持ちは、しかし今、どういうわけか寒さへと逆転して全てを苛《さいな》んでいた。

まるで今日の夕方、吉田《よしだ》一美《かずみ》に先を越されてしまったときのように。

（——悠二、私と一緒にいて——吉田一美じゃなくて、私と——）

駄々《だだ》っ子のように思う、その心の奔出《ほんしゅつ》を、胸元からの声に制された。

「シャナ」

「——っ！」

想いに何秒かけたのか、シャナはようやく不条理な妄想《もうそう》から覚めた。

覚めて、今その自分を取り囲んでいるこの壁に、とてつもない憎しみを覚えた。

悠二と自分の間を邪魔《じゃま》する壁だから。

突破して片付けて、帰らねばならない。

吉田一美と悠二は、一緒にいてはいけない。

フレイムヘイズとしての使命からではない、これら不純物の混じった、怒りではない憎しみが湧き上がってくる。以前の燃え盛る様と、それは似て非なる姿だった。

炎髪《えんぱつ》灼眼《しゃくがん》が紅蓮《ぐれん》の煌《きらめ》きを増す。

吐息《いき》にさえ火の粉《こ》が混じった。

体中から壮絶なまでの力が漏《も》れ出す。

「全部、吹き飛ばしてやる……っ!!」

呟《つぶや》きつつも恐ろしく深い声が、感情そのままの、紅蓮の大爆発に変わる。

「んー、んんん」

逃れようのない内部での巨大な爆発に『夜会《やがい》の櫃《ひつ》』は大きく震え、しかし砕《くだ》けなかった。どころか、その車体の前から後ろ、流れるように光を次々と記号のように点《とも》して膨《ふく》れ上がった。車輪は線路に炎《ほのお》を巻いて遮二無二《しゃにむに》高速回転を始め、最後尾《さいこうび》からはロケットかミサイルのように噴射まで行われる。

「んー、ふふふ」

その全てが、シャナの炎の色、紅蓮。

『夜会《やがい》の櫃《ひつ》』は、加速していた。

その屋根に立つ教授は、カクカクと震わせていた肩を一段大きく、ガクンと跳《は》ね上げた。弾《はず》みで持ち上げた顎《あご》を鋭く振り下ろして叫ぶ。

「んーーーッ、ーーチャーージ・オッケエーーーーイ!!」

ンギャオー、と汽笛《きてき》もより大きく、紅蓮《ぐれん》の火の粉《こ》を混ぜて吼《ほ》えた。

全《すべ》て、なにもかもが、予想通り——正確には、およそなんにでも備えている、というべきだが——の展開、フレイムヘイズの力をさえ燃料とした、止《とど》まる所を知らない驀進《ばくしん》は、遂に見えたゴール、周囲に爆火《ばっか》唸《うな》り閃《ひらめ》く御崎《みさき》市駅に向けてラストスパートに入った。


ふと、吉田《よしだ》一美《かずみ》は、鼻先も触れる距離にある坂井《さかい》悠二《ゆうじ》が、気を逸《そ》らしたことに気付いた。

自分が感じられないものを、もう一人の少女のことを、彼が感じたことに気付いた。

「シャナちゃん、ですか?」

「あ……」

悠二は、告白してくれた少女を前にした自分の行為を彼女への侮辱《ぶじょく》のように感じ、表情に後悔の色を浮かべた。図星《ずぼし》を指されたことを隠さず、ただ謝る。

「ご、ごめん」

「いえ」

吉田はそんな少年の誠実さに、自分の想いの欠片《かけら》を確かめた気がして、笑った。

「私の方こそ……こんなことをしてる場合じゃないってことは、分かってるんです。でも、言っておきたかったんです。それができる、今に」

「……」

悠二は、どう答えればいいのか分からなかった。

正直、心の準備ができていなかったし、戦いの気配の中にいて落ち着かないというのもあった。映画なら、こうして抱《だ》き合えば、必然のように熱烈なキスでもするのだろうが、現実というものは、勢いでハッピーエンドを迎えられるほど簡単なものではない。思い煩《わずら》う『その後』が存在するのである。その場だけの誤魔化《ごまか》しで気持ちを盛り上げることはできなかった。

吉田は、そうして困る彼に、返答を強要はしなかった。

彼を困らせることを本当はしたい、その衝動《しょうどう》を感じていたが、なんとか我慢した。こうしている今も(結果的にせよ)自分達を守るために戦っている人たちがいて、それを彼が感じている。強く望んだとはいえ、告白することさえ本当は不謹慎《ふきんしん》だ、と真面目な少女は思っていた。

しかし彼女は、そんな彼女なりに、少しだけ贅沢《ぜいたく》をしようとも思った。悠二の頬《ほお》に添えていた手を首の後ろに回して、より強い抱擁《ほうよう》の姿勢を取る。

「よよ、吉田さん!?」

「起こして、くれませんか」

少年の熱い頬に自分の頬を寄せ、囁《ささや》く。

逆転印章《アンチシール》のイメージが流れ込んだショックはようやく薄らいでいたが、今度はそれまでの心身の疲労が一気に襲い掛かってきて、足腰に力が入らなくなっていたのである。

「へ、あ、うん！」

裏返った声を返し、悠二《ゆうじ》は自分の下に折り敷いていた少女を、縋《すが》り付かれたまま起こした。

そうして、ようやく体を離そうとする彼に、吉田《よしだ》はもう一度、言う。

「手、繋《つな》いでて、いいですか……？」

「う、うん」

柔らかな手が、遠慮がちに悠二の手を握る。

その感触にドキドキしながら、悠二はさほど遠くもない、御崎《みさき》市駅の方を見た。

カムシンが未だ巨人を駆《か》って鞭《むち》を振るい、マージョリーが炎《ほのお》を纏《まと》い爆発を次々と起こしている、恐ろしい光景が目に入る。たしかに、吉田が言ったように、今はこんなことをしている場合ではないのだった。

その、見つめる数秒の間を置いて、目線を戦いに向けたままの吉田が、呟《つぶや》いた。

「坂井《さかい》君は、シャナちゃんを……」

「えっ？」

「……いえ、やっぱり、いいです」

それは今までの、戸惑いと恐れからの逡巡《しゅんじゅん》ではなかった。自分の想いが、その返答で左右されたりはしないという、強さの表れだった。握り締めてくる力は、縋《すが》り付いているわけではなかった。決して離すまいという、決意の表れだった。

それを、悠二も、吉田自身も感じていた。

（シャナを……）

訊《き》かれて、悠二は改めて想いを巡らせる。

この光景を見ているからこそ。こうして吉田と手を繋いでいるからこそ。

光景の中にあり、戦っている少女のことを。そして、他《ほか》でもない自分のことを。

（僕は、シャナを……どう、思っているんだろう？）

全く今さらのような、しかし深刻な疑問だった。

当然、嫌われたくない、むしろ好かれていたい、信頼されていたい、そう思っている。

一緒にいたい、隣を進みたい、心を結び合って、ずっと――夢見るように願ってもいる。

しかし、それらの気持ちは、吉田が告白してくれたような恋、あるいは愛なのだろうか。そもそも、その恋や愛とは、どういうものなのだろう。自分がこれまでにシャナとの間に感じていたものがそうなのか、なんなのか、なにが、誰が、教えてくれるのだろう。

自分はシャナをどう思っているのか。

吉田とのことにどこか後ろめたくなるのは、この気持ちが不分明であるからだった。なにか彼女に悪いことをしているのではないか、そう思ってしまうのだった。

（シャナの方は、どうなんだろう……僕への気持ちも、同じようなものなんだろうか……？）

確信の持てない想い、決定的な行為を経ない気持ちは、ただ曖昧《あいまい》なまま、少年の胸の中で揺れ続けていた。

吉田《よしだ》は黙って、その手を強く握り締めている。

そんな二人の背中を別の二人、佐藤《さとう》と田中《たなか》が屋上入り口の隙間《すきま》から覗《のぞ》き、いつ出て行くべきか、そのタイミングを計っていた。

「なんというか、えらいものを見た感じだな……どうしよう」

「とりあえず……咳《せき》払いでもして出て行くか？」


破滅の先端が、今まさに御崎《みさき》市駅に届こうとしている。

「私たちの勝ぉー利の汽笛《きてき》が聞いーこえますかぁ、ドォーミノォー⁉」

風切って走る『夜会《やがい》の櫃《ひつ》』の上、教授が傍《かたわ》らのマンホールの蓋《ふた》『我学《ががく》の結晶エクセレント７９３１―阿《あ》の伝令』に向かって言う。

《はいー、聞こえますー見えてますー、もう少しですへひはひひはい《ねいたいいたい》》

向こう側の通信機越しにつねり上げつつ、教授は眼鏡《めがね》を直線の彼方《かなた》に向ける。

「まあーだ攪乱《かくらん》できるだけの『我学《ががく》の結晶エクセレント２９１４７―惑《まど》いの鳥』を揃えてないじゃありませんかぁ？」

《ふひはへん《すいません》～、でも見えるでしょう？　フレイムヘイズの中でも札付きの殺し屋と壊《こわ》し屋が

よってたかって《て》へひ《い》は《た》は《た》は《た》は《た》》

「むぅー、こぉーんなことなら〝壊刃《かいじん》〟の雇いを解ぉーくんじゃありませんでしたねぇー」

《はあーんな奴《やつ》のことよりも、早く来――》

ゴズン、

「んー？」

妙な音がして、通信が途絶《とぜつ》した。前方の駅に異変があるかと見れば、駅舎《えきしゃ》自体にはそれらしい被害も見えない。

「んんー？」

傍らを見て、教授は首を傾げた。

尖《とが》った金属が、『阿《あ》の伝令』のど真ん中から突き出ている。それがすぐ、ジジッ、と紅蓮《ぐれん》の火花を噴《ふ》いた。再び『夜会《やがい》の櫃《ひつ》』のスピードが増す。ぐりぐりと抉《えぐ》るように、その尖った金属が揺れ、また中に引っ込んだ。

「んんんー」

眼鏡に手をかけて、教授は疾走《しっそう》する車体の側面を覗き込んだ。

紅蓮の力を流す剝《む》き出しの機械の中ほどに、また尖った金属が突き出した。どこかのパイプを傷つけたのか、猛烈《もうれつ》な蒸気が噴き出す。

教授はようやくこれが、さっき燃料に使ったフレイムヘイズの持っていた大太刀《たち》であることに思い当たった。

「あっ、さぁーては直接、私の『夜会《やがい》の櫃《ひつ》』をぉ破壊しよぉーうとしていますねぇ？　全く無《む》駄《だ》なことを、えいや」

諦《あきら》めの悪い燃料の反乱を鎮圧《ちんあつ》すべく、教授は傍《かたわ》らのレバーをグイと捻《ひね》った。

途端、真下で、少女のものすごい悲鳴とガシャガシャ無茶苦茶《むちゃくちゃ》に軋《き》りまくる騒音が響いた。

その現れなのか、車輪が二つ、薄緑色の火花を散らして車体から脱落する。負荷《ふか》と動作不良の騒音がガタガタと車体を揺さぶる。

揺れる屋根の上で、教授は再び首を捻った。

「んんー？　ぉ女の子なのに五百匹の精鋭かぁらなるアグレエーッシブな『我学《ががく》の結晶エクセレント２９００４―毛虫爆弾』が逆効―果のよぉうですねベッ！　ひはは《いたた》」

舌を噛《か》んでしまう、その眼鏡《めがね》の奥の鋭い目が、不意に喜悦《きえつ》に歪《ゆが》む。

「さぁーあ、『夜会《やがい》の櫃《ひつ》』、もぉーう少しだけ頑張《がんば》るんですよぉー？　あぁそこに、実験の成ぉ―就が、待っているんですかぁーらねぇ!!」

尖《とが》った先頭構体《こうたい》に、何者をも寄せ付けない防御《ぼうぎょ》の自在式が煌々《こうこう》と輝き始める。ネオンのように派手なマークとなって、夜の線路を列車は突き進む。

もちろん教授は、到着が自身の破滅と同義であることも理解している。

が、まずは、とにかく、やってみる。

「そぉーれこそが実験！　そぉーれこそが探求！　私の一歩は！　常に、確実に、輝ぁーいていますよぼッ!!」

また舌を嚙《か》んで、教授はうずくまった。

少女のヒステリックな狂騒《きようそう》を収め、火花と蒸気を噴《ふ》き出してひた走る『夜会《やがい》の櫃《ひつ》』。

その御崎《みさき》市駅到着まで、残された猶予《ゆうよ》は、あと数百メートル。


トーガを纏《まと》ったマージョリーが、駅舎《えきしや》の上に飛び乗った。

その中から眉根《まゆね》を険《けわ》しく寄せた顔を出して怒鳴《どな》る。

「あー、もう！　なにやってんのよ、あのチビジャリは!?」

彼女らの見やる、彼方《かなた》と言うも近い距離に、逆転印章《アンチシール》を起動させるキーたる怪物列車が迫っていた。その列車は遠目にもガタガタ揺れて、各所に損傷もあるようだったが、肝心《かんじん》の『炎髪《えんぱつ》灼眼《しやくがん》の討《う》ち手』の姿が見あたらない。

「あぁん？　気配はあん中だぞ。おとなしく捕まってるわけでもねーみてえだが」

トーガは熊のような腕で、乱れるわけもない炎《ほのお》の毛並みをガリガリと搔《か》き毟《むし》る。

「受け止める、壊《こわ》す、引き止める――どれを採《と》ってもたぶん、邪魔《じやま》されるわね」

「まー、その点は一番ケーカイしてっだろーからなあ」

フレイムヘイズ屈指《くっし》の殺し屋は、片手間にカムシンの取り逃がした看板《かんばん》を、抜かりなく炎弾《えんだん》で破壊しつつ考える。

(ブチ壊《こわ》す、一撃で、状況は、なにが有利、なにが不利、敵の特性——)

「——ああ!」

ボン、と手を叩《たた》いて駅の上空にジャンプする。

「爺《じじ》ぃ! ブチ壊して!」

「あぁん? ドミノもトンチキ発明王も——」

「違う! 高架《こうか》と線路をブチ壊して、ブチ落とすのよ!!」

指示を聞いて、寂《さ》びた少年の声が響く。

「ああ、なるほど——!!」

言う間に、巨体が宙を舞っていた。

「うむ、『アテンの拳《こぶし》』を!」

巨人の、鞭《むち》を持たない方の腕が標的に差し向けられる。宙にあって方位を定めるや、その肘《ひじ》から先が、轟然《ごうぜん》と褐色《かっしょく》の炎《ほのお》を噴《ふ》いて飛んだ。ロケット砲かミサイルの如き巨人の腕は、狙《ねら》い違《たが》わず『夜会《やがい》の櫃《ひつ》』の進路上、御崎《みさき》市駅の高架《こうか》に直撃した。

大質量の衝突《しょうとつ》と爆発の衝撃《しょうげき》を受け、高架がその下、太いコンクリートの橋脚ごと、一撃で粉砕《ふんさい》される。膨《ふく》れ上がった炎と粉塵《ふんじん》の後には、『夜会《やがい》の櫃《ひつ》』が落ちるに十分の断崖《だんがい》が、駅舎《えきしや》との間に開いていた。

もはや視認すらできる〝探耽求究《たんたんきゆうきゆう》〟ダンタリオンこと教授は絶叫する。

「のぉ――う!! なぁーんてことおしぃーてくれるんですかぁ――!?」

もし『夜会《やがい》の櫃《ひつ》』、それ自体への攻撃なら、先の拳さえ防ぐ自信のあった教授も、さすがに走るレール自体を失ってはどうしようもなかった、わけではなかった。

「――が!!」

今や奈落《ならく》に向けて驀進《ばくしん》する『夜会《やがい》の櫃《ひつ》』の上で、誰が聞いているわけでもないのに――というより勝手に逆境の説明をすっ飛ばして――教授は叫ぶ。

「こぉーんなこともあーろうかとぉ！ スイッチ――、オン!!」

無駄《むだ》に一回転してから華麗《かれい》な動作で、運転パネルのド真ん中にある大きなスイッチを、例によって　ポチッ、と押す。

宙にあって怪物列車の墜落《ついらく》を待っていたマージョリーとマルコシアスが、

「はぁ!?」

「んげぇ!?」

本気で驚いた。

線路を驀進《ばくしん》する『夜会《やがい》の櫃《ひつ》』、その両側面に、ミサイルのような安定翼が、シャキーンという駆動《くどう》の音も鋭く、広がったのである。もはや内部の燃料からの供給も切れたのか、教授自身の力の現れである馬鹿《ばか》のように白けた緑色の炎《ほのお》が、その後尾《こうび》から噴射《ふんしゃ》される。

「さ――あ飛べ、『我学《ががく》の結晶エクセレント29182―夜会《やがい》のぉ――櫃《ひつ》』!!」

線路が切れ、断崖《だんがい》が口を開ける高架《こうか》の端《はし》を、まるでスキージャンプの発射台のように滑《なめ》らかに蹴《け》って、怪物列車は華麗《かれい》に豪快《ごうかい》に、宙を飛んだ。

目前に口を開けるゴール、御崎《みさき》市駅のホームに向かって。

「――エエーキサイティング!! エエークセレント!! 見よ、世界はこんなにも美しい!!」

辿《たど》り着けばおさらばする眺めに勝手な感想を叫び、呆気《あっけ》に取られるフレイムヘイズたちが敗北の屈辱《くつじょく》に顔を歪《ゆが》ませる様(二人とも顔は見えていないが)に快感を得ようとした教授は、

「い――、――?」

進路が微妙に上向きになっているのに気付いた。

その微妙はすぐ明白になり、すぐ確実になった。

どんどん、視界が上へと傾いてゆく。

「つな、なな――?」

教授には丁度《ちょうど》、見えなかった。

怪物列車『夜会《やがい》の櫃《ひつ》』、その床面から大太刀《たち》に力を込めて利用されるのなら腕ごと外に、と

ばかりに細くも力強い腕が突き出され、巨大な紅蓮《ぐれん》の炎《ほのお》を噴射している様が。

「おおおっ!?」

気付けば、底面からの壮絶な推力を受けた『夜会《やがい》の櫃《ひつ》』は、来た方向に、上下逆《さか》さ、宙で百八十度、ひっくり返されていた。

「あぁ——れぇ——」

教授は破壊された高架の瓦礫《がれき》の中に、まっさかさまに落ちていった。

宙に残された『夜会《やがい》の櫃《ひつ》』は、やがてその床面を乱暴にメキメキと切り裂《さ》かれ、一人の少女を吐《は》き出した。憤怒《ふんぬ》と半泣き、双方《そうほう》を合わせた形相《ぎょうそう》の少女を。

「よくも、よくも——!!」

その少女・シャナは、必死に毛虫の大群を焼き払いガサガサになった髪を逆立てて呟《つぶや》いた。やがて、鉄の軋《きし》みを鳴らして、『夜会《やがい》の櫃《ひつ》』が少女から零《こぼ》れ落ちるように落下する。もちろん、教授の真上に。

「ほんぎゃ——!?」

ズズーン、と容赦《ようしゃ》なく、列車は主を押し潰《つぶ》した。

さらにさらに容赦なく、真下に大太刀『贄殿遮那《にえとののしゃな》』の切っ先を向けたシャナが叫ぶ。

「この、大バカ——ッッ!!」

その刀身に沿って直下、破裂《はれつ》にも似た恐るべき燃焼音を引き連れて、紅蓮の奔流《ほんりゅう》が迸《ほとばし》り、

地面に落着した。爆発というより、まさに燃焼。その一撃で、強壮を誇った怪物列車は、見るも無残な骨組みと化していた。

「きょ、教授――!!」

駅の構内で絶叫する首だけのドミノ、

「ご愁傷様《しゅうしょうさま》」

「後追いをお勧めするぜえ、ヒヒ」

その背後から、動揺の隙《すき》を突いて侵入した『弔詞《ちょうし》の詠《よ》み手』が一撃、超特大の炎弾《えんだん》を撃ち放っていた。

「――っはひぇ!?」

間抜けな断末魔《だんまつま》をあげるドミノにそれは直撃し、御崎《みさき》市駅の二階ホームが、完成寸前の逆転印章《アンチシール》もろとも、屋根を吹き飛ばすほどの大爆発に弾《はじ》けた。

その炎《ほのお》をようやくの決着と見届けつつ、宙にあるシャナは最高に不機嫌な顔で、まだ毛虫がまとわりついていないか、おっかなびっくり体中を探り始めた。ふと、気付いて尋ねる。

「……なんで、最初からあの翼で飛んでこなかったのかしら」

「飛んで見せて、驚かせたかったのだろう」

アラストールが、彼にしては珍しい、投げやりな口調で答えた。

奇怪な列車の出現騒動もようやく鎮静化《ちんせい》した、遠い白峰《しらみね》駅。

駅の中央に、『夜会《やがい》の櫃《ひつ》』を隠していた格納庫が、地面を直方体にくりぬいた大穴として残っている。その周囲には立ち入り禁止を示したテープが張られ、度重《たびかさ》なるトラブルに運行を停止した駅の中、ぽっかりと暗い口を開けている。

と、その空《から》の格納庫の奥に突然、馬鹿《ばか》のように薄白い緑色の光が閃《ひらめ》いた。

「んー、危なぁーかったですねぇー」

格納庫の端《はし》に転がっていた、ネジを打ち込んだマンホールの蓋《ふた》が跳《は》ね除《の》けられて、そこにない、い、い、い穴から、ひょっこりと教授が現れた。

「『夜会《やがい》の櫃《ひつ》』が、真上から逆《さか》さまに落おーちてこなければ、この『我学《ががく》の結晶エクセレント7930ー阿吽《あうん》の伝令』を使っての脱出もできないとおころでした」

白衣始め全身が黒焦《こ》げで、髪も半ばアフロに爆発状態である。

「なぁーにが不味《まず》かったんでしょうねぇ?」

首を傾げる、その後から続いて、首だけのドミノがぴょこんと飛び出した。

「フレイムヘイズが三人……しかも世に知られた殺し屋、壊《こわ》し屋、本物の魔神《まじん》憑きまで、化け物ばかりでしたし。命があっただけでもめっ へほひはひー」

首だけの助手を、容赦《ようしゃ》なくマジックハンドに変えた手でつねり上げる。

「ドォーミノォー、命を惜ぉーしんで実験がでぇーきますか？」

「ふひはへんふひはへん《すいませんすぃません》」

　しかしほどなく、教授は手を放す。執着《しゅうちゃく》も未練《みれん》もなく、あっさり心を次の実験に飛ばす。彼は決して立ち止まらない。胸元に下げた掛け紐《ひも》付きの道具類の中から分厚いメモ帳を取り出してパラパラとめくる。

「んんー、でぇは次の実ぃーっ験に取ぉり掛かるとしましょうか。まずは、最新の……超絶的によく滑《すべ》るバナナの――」

「やれやれ、ようやっとみつけたわ」

　不意に、二人の上から声が降ってきた。

　妙《たえ》なる、しかし同時に酷薄《こくはく》さも匂《にお》う、女の美声。

「んー？」

「はえ？」

　二人が顔を上げたやや上方、地面にくりぬかれた格納庫の縁《ふち》に、星空を背にした女性のシルエットがあった。

　すらりとした長身で、足首までのタイトなスカートが、夜風に僅《わず》か靡《なび》いている。只者《ただもの》でないことは一目で分かった。女性の周囲には、長い鎖《くさり》のようなものが巡り蠢《うごめ》いていたからである。

　ドミノが息を呑《の》む。

「はうぁー！　軍師《ぐんし》さま!?　きょきょきょ教授、みみみ、見つかっちゃっはひはひはひ《たいたぃいたぃ》」

教授は慌《あわ》てふためく助手をつねり上げながら、軍師と呼ばれた女性を黙って見やる。

「あまり遠くにお行きでないよ、教授。〝壊刃《かいじん》〟に行き逢《あ》って行く先を聞けなんだら、どうなっていたことやら」

天衣無縫《てんいむほう》の教授が、その女性の声にようやく、困った顔で答える。

「んー、やぁーはり、奴《やつ》の雇いを解ぉーくべきではありませんでしたねぇ」

女性はそのぼやきにくつくつと笑って、軽く宙へ足を踏み出した。体の周囲にあった鎖《くさり》が靴の踏む先に流れ、階段を形作る。

程なく二人の眼前に降り立った女性に、月の光が差した。

月下、光が現したのは、色が意味を失うような灰色の、タイトなドレスを様々なアクセサリーで飾った、妙齢《みょうれい》の美女である。

ただし、右目に眼帯があった。

しかし、眼は二つ覗《のぞ》いている。

つまり、三つ目《みめ》の女性だった。

額《ひたい》と左、月よりぎらつく金色をした二つの瞳が、笑みを含んで教授を見つめる。

「実験も一段落したのだろう？　そろそろ私たちの方も、手伝ってはくれないかね？」

「んんー、[仮装舞踏会《バル・マスケ》]、でぇすかー？　『星黎殿《せいれいでん》』も『暴君《ぼうくん》』も、いぃーい加減、いじるのに

飽《あ》あーきたんでぇすがねぇー？」

「近々、『零時《れいじ》迷子《まいご》』が手に入るかもしれない、としたら？」

キラリ、と教授はアフロの奥で眼鏡《めがね》を光らせた。

「ドォ――ミノォ――!! つなぁーにをグゥーズグズしぃーているんです！ さぁーっさとここの道具をかき集めて体を作るんですよ！」

「ええーっ!? で、でも教授、いつも『ベルペオルとサーレはシイタケよりも嫌いだ』ってへ《て》ひ《ぃ》は《た》ひ《い》ひ《ぃ》は《た》ひ《ぃ》」

「たぁーまには依頼を受うーける形での研究と実験も、視ぃー点を変えるという意味で有うー意義なぁーのですよ！」

教授はつねり上げつつ、美女の鼻先にまで眼鏡を寄せ、言う。

「なぁんといっても、[仮装舞踏会《バル・マスケ》]三柱臣《トリニティ》が一柱《いちはしら》、〝逆理《ぎゃくり》の裁者《さいしゃ》〟ベルペオルの言葉でぇすから、信じません。しぃかし、あぁーなたは無意味な釣り餌《つえ》を使ったりもしぃーませんからねえ？」

ベルペオルと呼ばれた美女は、薄い唇《くちびる》を切れ上がらせて笑い、答えなかった。

エピローグ

「ゆかりちゃん、今日から『シャナちゃん』って呼ぶね」

吉田《よしだ》一美《かずみ》には以前の、挑《いど》むような気迫はなかった。

「うん」


カムシンによる再びの調律は滞《とどこお》りなく行われた。封絶《ふうぜつ》を張らない戦闘による被害はそのまま街に傷跡を残していたが、カムシンは、始末と解釈は勝手に人間がやるでしょう、とあっさり話を打ち切ってしまった。見かねたマージョリーが、すぐ外界宿《アウトロー》に連絡を取って、フレイムヘイズなりのフォローを手配する、と言ってくれたが、当面は調律を行うしか手立てがない。腹立たしいことに、カムシンはいつも正しいことしか言わないのだった。


「私ね、ずっと感じてたの」

そのあまりに穏やかな少女を、シャナは平静を装った姿の奥で、恐れた。

「なにを」

物理的な修復ではない、本来そうするはずだった、この世の歪《ゆが》みの修復。それは見た目にはなにも変わらない。しかし悠二《ゆうじ》は、佐藤《さとう》や田中《たなか》さえ、感じた。

吉田《よしだ》のイメージによって歪みを矯正《きょうせい》された御崎《みさき》市、デパートの屋上から眺める夜景に、嬉《うれ》しさと切なさを合わせたような、ふるさとの安らぎが蘇《よみがえ》っていることを。今まで漂《ただよ》っていた、『そうだったろうか』という気持ちの悪い違和感が、なくなっていた。

「坂井《さかい》君と、ゆ——シャナ、ちゃんとの間にある、私には見えない、絆《きずな》みたいなもの」

今ではもう、その恐れの意味は明確に理解できていた。悠二を奪われるのが、怖いのだ。

「そう」

調律を終えたカムシンは、事後処理の終了後、すぐこの街を発つとの意志を表明した。これをまともに惜しんだのは吉田だけで、他《ほか》の面々は、頼りにはなるが頼りたくはない、絶対に正しいが好きにもなれない、この老フレイムヘイズ出立《しゅったつ》の宣告に、非常に微妙な表情で答えた。

彼は街を出た後、少し調べものをしたり、外界宿《アウトロー》を回って情報収集に当たりたい、とアラストールに伝えた。その意味をフレイムヘイズたちは重く受け止め、気を引き締めた。

「それが、羨《うらや》ましかった。きっと私には分からない、なにか特別な関係なんだと思ってた」

もう弱くはない。吉田一美《かずみ》は、悠二を奪うことができる、本物の、強い、敵なのだった。

「その、通りじゃない」

マージョリーは、アラストールに説いたような危機を口実に、佐藤家への居候《いそうろう》期間を延長する、と子分たちに告げた。佐藤と田中は狂喜雀躍《きょうきじゃくやく》の譬《たと》えそのままに跳《は》ね回り、その様《さま》をマルコシアスに笑われ、マージョリーにどやされした。

また、今回の件で『吸血鬼《ブルートザオガー》』を持て余したと思ったマージョリーは、これをシャナに放り渡した。子分二人はそれを惜しみつつも、他にできることがあるか、改めて考え始めた。

「ううん、違う。特別じゃない。同じ場所に立ってるだけ。普通の人間には見えない世界に一緒にいる、そんな繋《つな》がりだと、今では思ってる」

しかしシャナは、それだけではない恐怖を、抱《いだ》いていた。

「……だから、なんだっていうの」

そして悠二とシャナは改めて話し合い、やはりしばらくは、この御崎市での生活を送ると決めた。自分が、人間としてはもう今から先がない不自然な存在である、という辛《つら》い告白を、しかし悠二《ゆうじ》は自分の口で言った。『零時迷子《れいじまいご》』があるから、消えるわけでも忘れられるわけでもない、と笑った悠二に、佐藤《さとう》と田中《たなか》、吉田《よしだ》は、なにも答えなかった。

かけるべき言葉を、誰も見つけられなかった。


「だから私、改めて言うね」

この戦いの中で、今まで確《かく》と持っていた自分が変わりつつあるという、恐怖を。

「……」


そしてシャナは、一番の難題にぶち当たることになった。

度重《たびかさ》なる戦闘でボロボロになり、さらには最後、身の毛もよだつ攻撃で無残《むざん》に着崩れてしまった浴衣《ゆかた》について、この持ち主であるところの坂井千草《さかいちぐさ》にどう言い訳をするか、という問題である。こればかりは、悠二にも名案は浮かばなかった。カムシンやマージョリーはこの件には最初から無関心で、シャナは身の内の魔神《まじん》ともども困り果てた。


「これで、私とシャナちゃんは、本当に対等だから」

この戦いからは、絶対に絶対に逃げたくない、そのあまりに強い想いへの、恐怖を。

「……わ、私」


しかし、その救いの手は、意外なところから来た。

吉田一美《かずみ》である。自分が悪い人たちに絡《から》まれたのを助けて乱闘をした、ということにすればいい、との名案を出してくれたのである。よりリアリティを出すために、同じくボロボロの浴衣を着た、佐藤と田中もその証言に加わることを了解した。

そして今、せめて道を歩ける最低限くらいは身だしなみを整えよう、と吉田はシャナの着付けを行っている。


「それと、もう一つ。私――、言ったよ」

「――!!」


皆から隠れるデパート屋上の端《はし》で、二人の少女は見詰め合った。

弱かった少女は、もう二度と、押されることも怯《ひる》むこともない。

強い少女が、凄《すご》んでも駄々《だだ》をこねても、止めることはできない。

二人は今、完全に対等だった。

その睨《にら》み合いを数秒だけ続け、吉田がいつもの笑顔に戻った。


「できたよ。行こう、シャナちゃん」

気付けば、乱れていた襟元《えりもと》は正され、帯の回りもキッチリと伸びていた。

「……うん」

その歩いてゆく背中にしか、シャナは答えられなかった。

もう、手立てがない。どうすれば、なにをすればいいのか、分からない。

戦いに勝つには、あの少年との時を勝ち取るためには、自分から動くしかない。

しかし、あまりに強固に作られた自分の在《あ》り様が変わってしまう、それが恐かった。

その恐さを抱《いだ》いていながら、絶対に逃げたくない、と思わせられる想いの強さが、恐かった。

今は、その想いを恐々《こわごわ》と必死に、敵の背中に投げかけることしか、できなかった。

「私は、悠二《ゆうじ》が好きなの」

しかし敵は、その声を受け止め、動揺も狼狽《ろうばい》もせずに返す。

「うん、分かってる」

振り向いて、その少女、どうしようもなく強い敵・吉田《よしだ》一美《かずみ》は言う。

シャナの前に、まさに、立ちはだかるように。

「私も、坂井《さかい》君が好きなの」

壊《こわ》れた日々の、その先へと彼らは進む。
喜びを抱き、悲しみを連れ、戸惑いとともに。
世界は、全《すべ》てを抱いて、ただ変わらず、そこにある。

あとがき

はじめての方、はじめまして。

久しぶりの方、お久しぶりです。

高橋《たかはし》弥《や》七郎《しちろう》です。

また皆様のお目にかかることができました。ありがたいことです。


さて本作は、痛快娯楽《ごらく》アクション小説です。今回はかなり状況心情ともに錯綜《さくそう》した展開になっています。次回は、事件の後日談《ごじつだん》になる予定です。さて、どうしよう（オイ）。

テーマは、描写的には「確信と動揺」、内容的には「こわさ」です。吉田《よしだ》さんが遂に天王山《てんのうざん》を迎えます。シャナは仕事人間の悲哀《ひあい》と劣勢に歯噛《が》みします。

担当の三木《みき》さんは、エッチな人です。火のない所にナパーム弾を投下して純真無垢《むく》な読者の心を灰燼《かいじん》に帰せしめます。今回も、細剣交錯《さいけんこうさく》の決闘を経て、吉田さんの『カデ（以下略）。

挿絵《さしえ》のいとうのいぢさんは、華《はな》のある絵を描かれる方です。六巻やＣＤドラマ付録ブックレットでは、キャラクターの存在感や線の精度などに驚嘆させられました。御本業の忙中《ぼうちゅう》にも変わらず、この度も拙作《せっさく》への甚大《じんだい》なる御助力をいただけたことに、深く深く感謝いたします。

県名五十音順に、愛知《あいち》のW辺さん、大分《おおいた》のW辺さん、京都《きょうと》のM林さん、埼玉《さいたま》のK塚さん、佐賀《さが》のTさん、静岡《しずおか》のY崎さんご兄弟、東京《とうきょう》のKさん、徳島《とくしま》のS宮さん、新潟《にいがた》のT屋さん、福岡《ふくおか》のY野目さん、福島《ふくしま》のA藤さん、K村さん、W邊さん、宮城《みやぎ》のK藤さん、いつも送ってくださる方、初めて送ってくださった方、いずれも大変励みにさせていただいております。どうもありがとうございます。ちなみに、アルファベット一文字は苗字《みょうじ》一文字の方です。

こうしてお手紙をいただく度に申し訳なく思うのですが、当方いささか事情あって、お返しができません。中には切手や、せっかく本屋さんで貰《もら》ったポストカードまで同封して、期待《きたい》いっぱいの文面を書いてくださる方も……その際の気持ちを思うと、なんとも心苦しい限り。この場を借りて、お詫《わ》びの言葉を贈らせていただきます。

どうも、申し訳ありません。

あと一言。今回は少々お待たせしました。これからも頑張《がんば》ります。

というわけで、今回は雑談を書くまでもなく。

この本を手に取ってくれた読者の皆様に、無上《むじょう》の感謝を、変わらず。

また皆様のお目にかかれる日がありますように。

二〇〇四年四月　高橋弥七郎

巻末特別ふろくよんこま

はじめてのふぁみれす

不機嫌
シスターズ
ファミレスネタだったので…。
接客態度わるそうな
2人ですね!!。
http://fujitsubo-machine.jp/~benja/

◉高橋弥七郎著作リスト

「A／Bエクストリーム　CASE-314［エンペラー］」（電撃文庫）
「A／Bエクストリーム　ニコラウスの仮面」（同）
「アプラクサスの夢」（同）
「灼眼のシャナ」（同）
「灼眼のシャナ　II」（同）
「灼眼のシャナ　III」（同）
「灼眼のシャナ　IV」（同）
「灼眼のシャナ　V」（同）
「灼眼のシャナ　VI」（同）

本書に対するご意見、ご感想をお寄せください。

■

あて先

〒102-8177 東京都千代田区富士見2-13-3
電撃文庫編集部
「高橋弥七郎先生」係
「いとうのいぢ先生」係

■

電撃文庫

灼眼《しゃくがん》のシャナVII

高橋弥七郎《たかはしやしちろう》

2004年7月25日　初版発行
2023年10月25日　36版発行

発行者　山下直久
発行　株式会社KADOKAWA
〒102-8177　東京都千代田区富士見2-13-3
0570-002-301（ナビダイヤル）
装丁者　荻窪裕司（META＋MANIERA）
印刷　株式会社 KADOKAWA
製本　株式会社 KADOKAWA

ISBN978-4-04-869398-1　C0193　Printed in Japan

電撃文庫　https://dengekibunko.jp/

電撃文庫創刊に際して

文庫は、我が国にとどまらず、世界の書籍の流れのなかで〝小さな巨人〟としての地位を築いてきた。古今東西の名著を、廉価で手に入りやすい形で提供してきたからこそ、人は文庫を自分の師として、また青春の想い出として、語りついできたのである。

その源を、文化的にはドイツのレクラム文庫に求めるにせよ、規模の上でイギリスのペンギンブックスに求めるにせよ、いま文庫は知識人の層の多様化に従って、ますますその意義を大きくしていると言ってよい。

文庫出版の意味するものは、激動の現代のみならず将来にわたって、大きくなることはあっても、小さくなることはないだろう。

「電撃文庫」は、そのように多様化した対象に応え、歴史に耐えうる作品を収録するのはもちろん、新しい世紀を迎えるにあたって、既成の枠をこえる新鮮で強烈なアイ・オープナーたりたい。

その特異さ故に、この存在は、かつて文庫がはじめて出版世界に登場したときと、同じ戸惑いを読書人に与えるかもしれない。

しかし、〈Changing Times,Changing Publishing〉時代は変わって、出版も変わる。時を重ねるなかで、精神の糧として、心の一隅を占めるものとして、次なる文化の担い手の若者たちに確かな評価を得られると信じて、ここに「電撃文庫」を出版する。

1993年6月10日
角川歴彦

電撃文庫

AHEADシリーズ 終わりのクロニクル①〈上〉
川上 稔
イラスト／さとやす（TENKY）

10の異世界との概念戦争が終結して60年……。そして今、最後の存亡を賭けた〝全竜交渉〟が始まる！ 川上稔が放つ待望の新シリーズ、いよいよスタート！

か-5-16 0799

AHEADシリーズ 終わりのクロニクル①〈下〉
川上 稔
イラスト／さとやす（TENKY）

初めての戦闘を経て、佐山御言は1st-Gとの全竜交渉を成功させることができるのか？ そして彼が知る新たな真実とは？ 「AHEADシリーズ」第1話完結。

か-5-17 0811

AHEADシリーズ 終わりのクロニクル②〈上〉
川上 稔
イラスト／さとやす（TENKY）

1st-Gとの全竜交渉を終え、日本神話の概念を持つ世界2nd-Gと交渉を始める佐山。しかし、その裏では〝軍〟と名乗る不気味の者達も動き始めていた！

か-5-18 0855

AHEADシリーズ 終わりのクロニクル②〈下〉
川上 稔
イラスト／さとやす（TENKY）

60年前に滅び、Low-Gに帰属した2nd-Gの人々。だが、過去の遺恨を残した彼らとの交渉は新たな戦闘を生む。その中で、2nd-Gの人々と新庄姉弟が出す結論とは!?

か-5-19 0864

AHEADシリーズ 終わりのクロニクル③〈上〉
川上 稔
イラスト／さとやす（TENKY）

神々の力を持つ人々が創り上げた自動人形と武神の世界-3rd-G。二つの穢れを持つというこの世界に、佐山達の全竜交渉の行方は……!? 第3話スタート！

か-5-20 0920

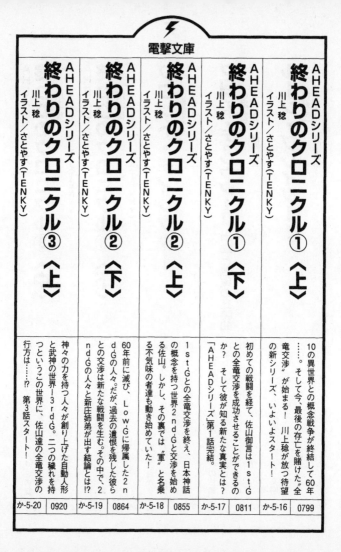

電撃文庫

悪魔のミカタ 魔法カメラ
うえお久光
イラスト／藤田 香

「悪魔」で「カメラ」で「UFO」で「ミステリー」で第8回電撃ゲーム小説大賞〈銀賞〉受賞作で……電撃的ファンタジックミステリー、登場！

う-1-1 0638

悪魔のミカタ② インヴィジブルエア
うえお久光
イラスト／藤田 香

み－クルの面々が追う次なる《知恵の実》は、好きなものを消すことが出来るアイテム！ 世の男ドモ、何でも消せれば何を消す？ ……つまりそういうお話です。

う-1-2 0654

悪魔のミカタ③ パーフェクトワールド・平日編
うえお久光
イラスト／藤田 香

舞原妹の指令により舞原姉にデートを申し込むことになった堂島コウ。だが、もてもて男であるコウのはずが、どうしても最後の一歩が踏み出せず……！

う-1-3 0679

悪魔のミカタ④ パーフェクトワールド・休日編
うえお久光
イラスト／藤田 香

ついに舞原姉とデートすることになった堂島コウ。デートの先は遊園地で、苦手な絶叫系に次々と乗ることになったコウは、半死半生。そしてその先に……！

う-1-4 0686

悪魔のミカタ⑤ グレイテストオリオン
うえお久光
イラスト／藤田 香

み－クルのメンバー真嶋綾の腕に突然取り付いた腕輪型の《知恵の実》。しかも二つ同時！ さらに一つは廃棄処分にされたはずのもので……真嶋綾、大ピンチ！

う-1-5 0705

電撃文庫

悪魔のミカタ⑪ It／ザ・ワン

うえお久光
イラスト／藤田 香

『ザ・ワン』の侵入を許してしまった和歌丘。その影響は徐々に広がり始め、だが抵抗する者も現われた！ しかも小学生！ えーっと……が、頑張れ小学生!!

う-1-11　0860

悪魔のミカタ⑫ It／ストラグル

うえお久光
イラスト／藤田 香

吸血鬼によって封鎖された和歌丘に、全ての鍵を握る人物が一人——舞原サクラその人である。彼女を巡って様々な思惑が錯綜し……人気シリーズ第12弾！

う-1-12　0895

悪魔のミカタ⑬ It／MLN

うえお久光
イラスト／藤田 香

吸血鬼から逃げ続けるサクラと美里。吸血鬼に支配された和歌丘と、そこで抵抗を続ける昇——。果たして全ての決着はつくのか!? Itシリーズ完結！

う-1-13　0954

東都幻沫録 蒼虚の都〈上〉

高瀬美恵
イラスト／ほづみりや

眠り続ける1人の女性を巡り、東京で静かに進行する永遠を望む者たちの計画とは……？ あの「東都幻沫録」シリーズの最新作が電撃文庫で復活！

た-16-2　0967

東都幻沫録 蒼虚の都〈下〉

高瀬美恵
イラスト／ほづみりや

最強のネクロマンサー・祐美子の覚醒をきっかけに、東京に死があふれ出した。絶望的な状況のなか、刈谷たちは決死の反撃を開始するが——。

た-16-3　0968

電撃文庫

我が家のお稲荷さま。
柴村 仁
イラスト／放電映像

三槌家の祠に封じられていた大霊狐が高上透を護るため現世に舞い戻った。世にも美しい白面の妖怪・天狐空幻《てんこくうげん》である。しかし、その物腰はやけに軽そうで……

し-9-1 0904

我が家のお稲荷さま。②
柴村 仁
イラスト／放電映像

〝御霊送り〟から1ヶ月。夏休みを過ごす透の前に、突然ムビョウと名乗るハイテンション（だけど不気味）な女性が現れた。彼女の目的とは……!?

し-9-2 0958

バウワウ! Two Dog Night
成田良悟
イラスト／ヤスダスズヒト

九龍城さながらの無法都市と化した人工島を訪れた二人の少年。彼らはその街で全く違う道を歩む。だがその姿は、鏡に映る己を吠える犬のようでもあった——。

な-9-5 0878

MewMew! Crazy Cat's Night
成田良悟
イラスト／ヤスダスズヒト

無法都市と化した人工島。そこに住む少女・潤《ジュン》はまるで〝猫〟だった。可愛らしくて、しなやかで、気まぐれで——そして全てを切り裂く〝爪〟を持っていて——。

な-9-9 0962

Missing 神隠しの物語
甲田学人
イラスト／翠川しん

物語は『感染』する。これは現代の『神隠し』の物語。その少女に関わる者は、誰もが全て『異界』へ消え失せるという都市伝説。電撃初の幻想譚、登場——。

こ-6-1 0569

電撃文庫

輪廻ノムコウ
あかつきゆきや
イラスト／逢川藍生

女子高生・辻葵が近道しようとふと入った公園で見たのは、少女の腕から流れる血を舐める少年と青年の姿……そして、その二人組みとふたたび再会した時——。

あ-15-2 0918

学校を出よう！ Escape from The School
谷川 流
イラスト／蒼魚真青

超能力者ばかりが押し込まれた山奥の学校。ここに超能力など持ってないはずの僕がいるのは、すぐ隣に浮かんでいる妹の〝幽霊〟のせいであるわけで——！

た-17-1 0784

学校を出よう！② I-My-Me
谷川 流
イラスト／蒼魚真青

突然、往来に血まみれの果物ナイフを持って立っていた神田健一郎。慌てて逃げ込んだ自分の部屋にはもう一人自分がいてそいつもやっぱり驚いて……！

た-17-2 0825

学校を出よう！③ The Laughing Bootleg
谷川 流
イラスト／蒼魚真青

第三EMP学園女子寮で一人の少女が消えた。ただ消えたのではなく、密室で煙の如く消えうせたのだ!! その事件の謎に関ることになった光明寺茉衣子は……。

た-17-3 0848

学校を出よう！④ Final Destination
谷川 流
イラスト／蒼魚真青

記憶に奇妙な混乱がある少女——仲嶋数花。そんな彼女を第一～第三EMPがそれぞれ追うことになり、第三EMPの追っ手として選ばれたのは……！

た-17-4 0909